动物们的一生

不过是我们自身命运的缩影

动物忧伤

陈仓 著

重庆出版集团 重庆出版社

图书在版编目（CIP）数据

动物忧伤 / 陈仓著. —— 重庆：重庆出版社, 2021.7
ISBN 978-7-229-15872-9

Ⅰ.①动… Ⅱ.①陈… Ⅲ.①散文集—中国—当代 Ⅳ.①I267

中国版本图书馆CIP数据核字（2021）第248118号

动物忧伤

陈仓 著

出　品：华章同人
出版监制：徐宪江　秦　琥
责任编辑：王昌凤
责任印制：杨　宁
特约策划：陈　盾
营销编辑：史青苗　刘晓艳
装帧设计：观止堂_未氓
插图版画：郭伟利

重庆出版集团
重庆出版社 出版

（重庆市南岸区南滨路162号1幢）
投稿邮箱：bjhztr@vip.163.com
北京盛通印刷有限公司　印刷
重庆出版集团图书发行有限公司　发行
邮购电话：010-85869375/76/78转810

重庆出版社天猫旗舰店
cqcbs.tmall.com

全国新华书店经销

开本：880mm×1230mm　1/32　印张：8.375　字数：156千
2021年12月第1版　2021年12月第1次印刷
定价：48.00元

如有印装质量问题，请致电023-61520678

版权所有，侵权必究

第一章	猪	001
第二章	猫	031
第三章	鼠	055
第四章	羊	087
第五章	牛	123
第六章	狗	149
第七章	鸡	177
第八章	蛇	207
后记		229

猪

我们家不太一样，猪圈非常显眼地设在大门前边，而且没有栅栏，在地上挖了一个大坑，四方形的，宽十几米，深一米五左右，四面都砌着石头。小时候不太在意，后来发现都是大理石，乳白色的，纹路非常细密，比那些歌剧院呀大礼堂呀，用的材料还要高档，我无意中敲下一小块放在太阳下一照，会发出钻石一样的亮晶晶的光。这和家里住着的泥巴房子反差很大，我问过我爸，为什么不用大理石盖房子铺地板呢？我爸开始说石头冷冰冰、硬邦邦的，住着不舒服，后来又说猪多金贵啊，不好好养猪，日子就没有捞摸。"捞摸"是村子里的方言，就是不踏实、没有意思的意思。

猪圈里放着一个猪槽，也是大理石的，有两米长、半米宽，几百斤重，性子再野的猪，拱也是拱不翻的。猪槽两边还雕刻着图案，有人说是狮子，有人说是老虎，我看来看去其实就是猪头，恐怕是我们家最有文化气息的东西了。我爸十八岁就分家了，当时分到手的，除了一间房子，一张桌子，一口瓮，三个碗，还有这个猪槽。村子里曾经来过好多文物贩子，把铜酒壶呀香炉呀都顺走了,最后两眼放光地盯上了这个猪槽,想偷,太重了,搬不动,就开价收购,一百块,两百块,五百块,加到一千块,我爸就两个字"不卖",理由很简单,自己做不了主。贩子说,谁可以做主?我爸指了指正在吃食的猪说,它的碗,除非它答应你。

猪圈旁边栽着一棵树,不是苹果树,也不是桃树,而是枸叶树。枸叶树很丑,也非常土气,枝丫不遒劲,也不婀娜,叶子癞巴巴的,摸着非常不舒服,而且站不直,成不了材,不能打家具,关键是不开花,果子像桑葚,但是不能吃,有毒。唯一的好处是夏天的时候,大家喜欢坐在树荫下乘凉,我爸则不管春夏秋冬,都喜欢蹲在下边,一边吃饭或者一边抽烟,一边笑眯眯地看着猪圈里哼哼叽叽的猪。就这样一种树,反而是我们家周围最大的,活得时间最长的,大概有二十多年吧,后来遮住了二叔家的窗户,两家吵过很多次,最后二叔拿着斧头把几根主要的枝丫砍掉了。枸叶树受不了打击,萎靡不振地又活了几年就死了。不过,树桩在那里杵了好多年,我每次回去的时候,我爸都要抱怨,说多好的树啊,被人害死了。

枸叶树受人尊重,主要沾了猪的光,因为它的叶片大,摘掉后很快就能再生,而且含着乳白色汁液,撕开像牛奶一样向外渗，所以是非常不错的猪草。我们家有一小部分猪草来自这棵枸叶树，春夏秋三个季节，比如下雨呀，比如农忙呀，没有时间打猪草，每天从树上摘一篮子下来，不仅新鲜，还挂着露水，拿菜刀剁碎了，用洗碗水一拌，就成了很好的猪食。枸叶虽然很有营养，也许口感不好吧，并不是猪最爱吃的，喂猪还是以打猪草为主的。

猪草就是各种各样的野生植物，开始不知道名字，只能自己起名字，什么水蒜呀，什么蛤蟆衣呀，什么黄花苗呀，什么蒿子头呀，什么牛舌头呀，后来才知道它们都有名字，比如商芝、薄荷、水芹菜、蒲公英、车前草、马齿苋、龙胆草、鱼腥草、香椿芽，都是非常好的野菜，不仅味道好，营养价值高，还有保健功效，有的富含维生素，有的清热解毒，有的补肝益肾，那时候的猪肉特别香，估计和喂养野菜有很大关系。

猪草多数长在地里和河边，打猪草不爬山不流汗，不仅轻松又干净，而且提着篮子，采采花，揪揪草，运气好的话还可以吃到野果子，所以一般由家里的女孩子承担，但是我姐比较心疼我，经常把这项差事交给我。村子里的花花草草满山遍野，高的矮的，胖的瘦的，嫩的老的，绿的黄的，甜的苦的，有花的无花的，关键在于有没有毒，如果随便采回去，猪喜欢不喜欢事小，把猪给闹死了，那就麻烦了。我姐开始带着我认了几次，但是常规的那么几种，每个孩子都认识，每天想采满一篮子并不容易，所以我胆子越来越大，看到长得比较嫩的，汁水比较多的，就采回去喂猪。某一次，我在地边看到一种草，管子长得嫩生生的，而且花是紫色的，非常漂亮，心想人都喜欢花，何况猪呢，就采了一些回去。没有想到猪一吃，立即口吐白沫。后来才知道那叫断肠草，曾经有个小媳妇寻短见的时候，就吃过这种东西。

打猪草最有趣的，是和女孩子玩游戏，玩得最多的是坐在河边过家家，我总是扮演新郎子，而女孩子比较多，必须轮流扮演新娘子，捡几块石头充当锅碗瓢盆，揪一把青草假冒柴米油盐，办几桌子"酒席"，然后拜天地，入洞房。到稍微懂事一点，真是后悔莫及，"妻妾成群"徒有虚名，为什么不趁机搂着亲一口呢？唉，好多小丫头长大以后，都恍恍惚惚以为是我的童养媳，争着抢着要嫁我。

在那个清汤寡水的年代，谁家日子好，谁家日子油水多，是有衡量标准的，标准就是那头猪；你在人面前能不能抬起头，并不看你是不是村长家的亲戚，而是要看你家槽里的猪。村子里有一个风俗，找媳妇的时候，第一步是做媒，第二步是看家，第三步是认亲，第四步才是结婚。最关键的是中间两个环节，由媒人带着女方的亲戚去男方家里，有点像现在的参观考察团，除了女孩子，一般四个人，那时候考察的，无非是家世怎么样，最直观的还是看家里养的猪，猪瘦，则家境差，猪胖，则家境好。我有一个远房舅舅，住在隔壁村子，长得高高大大的，因为家里没有养猪，所以打了一辈子光棍。其实，不养猪的原因，是他爸死得早，他妈独自拉扯着他，光景过得苦巴巴的，估计是因为营养不良吧，眼睛突然失明了，别说养猪了，缝缝补补的一根线都穿不过针眼眼。某一年，舅舅熬啊熬啊，终于等到一个小寡妇，小寡妇是河南那边的，不知根不知底，上门提亲以后，定在腊月"看家"。舅舅很着急，就来我们家借猪。我们家那年的猪养得挺肥的，放在他们家的猪圈里，真是挺管用的。当时已经腊月，马上要过年了，我爸以为亲事已经成了，所以把猪赶回来杀了，谁知道人家突然"认亲"，发现猪不见了，一下子就穿帮了。

　　猪的地位非常高，比家里的孩子还重要，我们头痛脑热的时候，基本都是扛过去的，如果猪生病了，症状是不吃不喝，那就成了大事情，必须请兽医打针。猪养得好不好也有标准，重点还是重量，当年家家都穷，人都吃不饱肚子，整天饿得嗷嗷叫，别说粮食了，野菜也必须是人吃剩下的才拿去喂猪，所以猪都很小，养到八九十斤是正常的，能养到一百多斤就烧高香了。有几年，整个村子里，只有我们家把猪养到了一百斤以上。我仔细琢磨过原因，一是猪圈位置好，猪能晒太阳；二是猪圈垫得软绵绵的，干干爽爽的，猪睡觉很舒服；三是我胆子大，经常拿奇花异草喂猪，比如漆树叶子，人碰到就会过敏，但是和激素差不多，能刺激猪的生长；四是猪也有上进心，我爸天天蹲在边上，像做思想工作一样，语重心长地告诉猪，你要加油啊，你别给我丢脸啊，猪不向上长都不好意思；五是每年九月要抓猪娃子，抓猪娃子的时候，我爸眼睛比较毒，一窝七八只呢，提起来拍拍屁股，听听嚎叫声，再打眼一看条子，条子也就是身段，总能把最好的那一只挑出来，毕竟种子不好，你再怎么喂，都是长不快的。我们家曾经养出一头一百五十多斤的大猪，这让我们风光了好长时间。有一个小伙伴，他舅舅在火车站工作，他经常告诉我们，你们知道吧，我舅舅手一挥，口哨一吹，火车就跑起来了。我逮住机会问他，你舅舅能指挥火车，有没有养过一百多斤的大肥猪？小伙伴从此再不敢炫耀了。我们家最得意的还是我爸，似乎养出了一个贵妃娘娘，走路都飘乎乎的了，大家夸他的时候，他笑眯眯地说，再给几个月时间，我可以把它养成一只大象。

我们家也碰到过养不大的猪，是因为那年遇到了旱灾，庄稼颗粒无收，人都吃不饱，就只能割一些荒草给猪，猪吃吧，嚼不烂，不吃吧，又饿得慌。我记得非常清楚，那头猪从第一年冬月逮回来喂到第二年腊月的时候，还不到七十斤，关键是瘦得两张皮，杀又杀不出肉，再继续喂下去，会被活活饿死的。那怎么办呢？我爸决定，还是卖给镇上的屠宰场，换一点粮食回来救人。腊月二十三那天，风非常大，也非常冷，我陪着我爸去卖猪，猪开始走得很慢，还可以哼哼几声，勉强走出三四公里，估计是饿晕了吧，咕咚一声，滑到河沟里，再也拽不起来了。这和死猪差不多，我爸估计屠宰场不收，干脆心一横，背着猪，回家了。在回家的路上，我爸叹着气问，我没有背过你吧？我说，从来没有。我爸说，我没有背过自己的儿子，现在却背着一头畜生，真是太丢人了！

直到天黑以后，我爸才叫来杀猪的，偷偷摸摸地把猪杀掉了。

村子里只有一个杀猪的，他是我的大伯。大伯叫陈先举，我一直叫他"陈先主"，直到前几年回去上坟，从给他新立的墓碑上发现，我把他的名字念错了，过去烧的纸钱也不知道他收到了没有。大伯成分不好，被划成了地主，村子里无论发生什么事情都要怪罪他，比如山林起火了，粮食被偷了，都会批斗他。我记得好几次，生产队的砖瓦没有烧成蓝色的，而是烧成了红色的，当时窑匠是我舅舅，按说应该是舅舅的责任，和大伯没有一根草的关系，但是队长大喝一声，陈先举在哪里，把他给我押上来。大伯低着头，从人群中钻出来说，我自己来吧。队长又大喝一声，你给我老实一点，你想造反吗？于是两个民兵一拥而上，把大伯押上了台。

大家养猪就为了杀，但是猪毕竟也算一条命，白刀子进，红刀子出，不仅太残忍，而且是要遭报应的。在斗地主的那个时候，村子里的杀猪佬死了，杀猪的差事就落到了大伯头上。大伯不是自愿的，而是被迫的。队长说，你是地主分子，这种事情只有你才干得出来。似乎猪不是被杀死的，而是被杀害的，像杀人一样，是有预谋的，如果没有罪恶，猪就不会死，是大伯的罪恶导致了猪的死。大伯说，让我杀猪可以，我有一个条件。队长说，你有什么资格提条件？大伯说，因为要遭报应，我下辈子当猪，你下辈子当地主。最后，大伯赢了。大伯提出的条件是，杀猪不收钱，只要一条猪腿，这条规矩一直坚持到现在。随着一头头猪被养大,又被一头头地杀掉,大家的意识慢慢模糊起来,似乎猪本身就是三条腿,前腿后腿,长腿短腿,至于长着哪三条腿,这完全取决于大伯。

原来的杀猪佬是一个老光棍,膝下无儿无女,不知道是打了光棍才杀猪的,还是因为杀猪以后才当了光棍。他留下一套五花八门的工具,两把尖刀是用来放血和割肉的,一把砍刀是用来剁骨头的,一把剔刀是用来分离骨肉的,几只铁刨子是用来刮毛的,几个像火山石一样的石头,主要用在猪头上,比如鼻子眼睛里有些毛刮不掉,就用石头来砸,还有一副大铁钩,在开膛破肚以前,得先把猪倒挂在木架子上。秘密武器是一根铁梃子,也就是大拇指那么粗的两米左右的铁棍子,一头有一个手柄,另一头有一个圆疙瘩,是拔毛和翻肠子用的。据说,大伯第一次杀猪的前一天晚上,也许是紧张,也许是害怕,把工具拿出来仔仔细细地磨了一遍,霍霍的磨刀声整整响了一个通宵,有些小孩子被吓得哇哇大哭,有些大人被吓得不敢睡觉。大伯开始杀猪以后,再没有人敢批斗他了,大家纷纷说,他浑身都是猪血,猪血是辟邪的,鬼都不敢靠近,何况我们贫下中农呢。

杀猪的步骤挺复杂的,第一步放血,第二步脱毛,第三步开膛破肚，第四步分肉，第五步处理杂碎。杀猪前一天晚上，猪要好好喂一顿，这和临刑前的上路饭差不多。一头猪，要养一年多，像在一口锅里吃饭一样，和人之间是有感情的，亲情、友情、患难之情，各种各样的情感掺杂在一起，有一种生离死别的难受。所以最后一次喂猪，我姐都会流眼泪，不敢正眼相看，我爸一句话不说，在旁边默默地坐到半夜。第二天一清早，我爸就会起床，从小河里挑水，把水缸和筒子锅都要装满，我姐负责下厨准备杀猪饭，我主要负责搭火烧水。坐在灶台前烧水的时候，柴火噼里啪啦的燃烧声，红色火苗嗡嗡嗡的轰隆声，水蒸气雾蒙蒙的刺啦声，喜鹊在窗外喳喳的叫声，我姐在旁边切萝卜的咔嚓声，自己心脏怦怦的跳动声，混合在一起真是太美妙了。

等水烧开了，大伯也就到了，坐下来抽一根烟，指挥大家把大黄桶搬出来，卸下门板搭在上边，几个人袖子一挽，跳进猪圈，有的拽耳朵，有的拽尾巴，有的拽蹄子，把猪按在门板上，听到猛烈的嚎叫声，我们这些孩子都必须躲起来，几十秒钟过后，等一切安静下来，猪已经被杀死了。

第二道手续是脱毛。脱毛前，在猪的一条后腿上割一条口子，用梃子顺着皮下使劲捅，耳根，背部，腹部，裆部，另一条后腿，必须齐齐地捅到位，然后嘴对着油乎乎的口子，向猪的身体里吹气，边吹边用棒槌敲打，等吹得圆滚滚的，再用绳子把吹气口绑紧，这时候的猪毛就容易脱下来了。然后把猪放在大黄桶里，把烧好的开水舀出来烫。因为猪鬃比较值钱，也可以制作刷子，要先一撮撮地拔下来，再把剩下的猪毛刮干净。猪活着的时候是黑色的，看上去脏兮兮的，死了以后一下子变成白色的，干干净净的。估计和抱着猪大腿吹气有关，大伯的脸总是红通通油腻腻的，像在油锅里涮过了似的，尤其腮帮子鼓得像癞蛤蟆，鼻子亮堂堂地朝前伸着，像一盏小马灯。

　　杀猪是一个非常神圣的仪式，中间有不少忌讳。比如必须一刀毙命，不能补第二刀，不然的话就不吉利。这其实挺科学的，如果一刀杀不死，猪身体里的血淌不干净，猪肉里就会有瘀血，吃起来不痛快。杀猪的日子一般选在腊月二十几，杀完猪就可以过年了。我们家提前杀猪只有一次，我记得是一个下着大雪的黄昏，我和我爸在外边修地，我姐急急忙忙地跑过来，说我妈的病又加重了。我妈本来卧床不起，我们跑回家的时候，她竟然从床上坐了起来。我爸担心这是回光返照，起码是日子不长了，离过年还有将近两个月呢，就把大伯叫来了，要把槽上的猪杀掉，让我妈在人生的最后时光好好地吃顿肉。我爸想喊几个人帮忙，被大伯拦住了，说多一个人多一张嘴，你们两个搭一把手吧。他说着，跳下猪圈，把猪尾巴朝手心一挽，倒退着就把猪给拖到了外边。

大伯告诉我，刀子从喉咙插进去以后，不要急着抽出来，在里边使劲地搅一搅，只有直接刺破心脏才会万无一失。大伯的刀子一插进去，鲜红的血就汩汩地朝外流，流进事先放着的盆子里。他握着刀子，一边暗暗地使劲，一边回头看着我说，我要搅了啊！

这时候，我妈的声音传出来了，说你们在干什么？！大伯说，我们在杀猪呀。我妈说，谁让你们杀的？！大伯的脸色和刀子一起僵住了，斜着脸问我爸，你们没有商量吗？我爸说，这有什么好商量的。我妈说，猪是谁喂的？我喂的！你们想杀，起码等到过年吧？我爸说，你受了一辈子苦，我想让你吃几顿肉。我妈说，你在咒我，说我活不到过年。

大伯把刀子从猪脖子上拔了下来。猪刚刚还奄奄一息，刀子被拔出来以后，嘴里开始冒着血泡，发出几声嚎叫，从门板上爬起来，疯狂地跑着。跑着跑着，它一头撞在墙上，四条腿抽搐了一阵子才真的死了。大伯很生气地收起家伙，气呼呼地走了，说我杀了几十年猪，这被撞死还是第一次。

我爸蹲到猪的旁边，不用开水烫，不用刨子刮，不用石头砸，开始拔猪毛。他先拔猪鬃，再拔猪腿，然后拔猪头，感觉他在拔着一块庄稼地里的杂草，又像在为我妈拔掉一根根白头发。我凑过去帮忙，发现比拔草难多了。我说，用开水烫烫吧？不然收拾不干净的。我姐拿出一块肉，赶紧煮了一锅萝卜，盛了一碗端给我妈。我妈艰难地说，我不想吃，你们留着吃……我姐哭着说，还多着呢，妈你赶紧吃吧。我妈笑了笑，只是喝了几口汤。仅仅过了不长时间，我妈就去世了。我爸说，她舍不得吃。我姐说，妈要留给我们吃。

杀猪还有关键一环也不能少，就是在开膛破肚以前、把猪头卸下来以后，要在院子的西南角支一张桌子，把猪头摆在上边，再摆三盘供品，比如馒头啊，豆腐啊，核桃啊，瓜子啊，什么都可以，然后放一串鞭炮，点燃一炷香，对着猪头鞠三个躬。这是一头猪一生中最荣耀的时刻，不仅能吃到它活着的时候从来没有吃过的东西，还能得到人们的祭拜——村子里的人拜天拜地拜神拜佛拜祖先拜父母，除此以外唯一拜过的就是猪。等猪杀完了，猪头会被搬回家放在香案上，成为祭祀列祖列宗的供品，等年过完了，才正式成为我们的美食。

大伯杀猪都是用刀子，只有一次例外，用的是枪。有一次，我被学校选为代表，去区里参加珠算比赛的时候，大伯说，我们陈家要出状元了，得鸣枪为我送行。他当时扛着一杆枪，是从外边借来的，他随着我走到村口，东瞄瞄，西瞄瞄，却总也不见扣动扳机。我说，你这枪是玩具吗？会不会打不响啊？大伯嘿嘿一笑说，怎么会呢？既然为你送行，你说打什么就打什么，保证百发百中。我说，打野猪吧。大伯说，野猪得守个一天两天的，怕是来不及了。我说，你打燕子吧。大伯说，燕子飞得太快了，怕是打不住的，而且燕子是只好鸟，打死是不吉利的。我说，那就打树吧。大伯说，打树有什么意思？树又不能煮着吃。我说，电影里为人送行，都是朝天上打一枪的，你就朝天上的白云打一枪吧。大伯说，这不是放空枪吗？子弹是很金贵的。正说着，有位婶婶追着一头猪窜过来了。婶婶骂道，陈先举，你家的畜生是野的吗？不好好关起来，把我家半亩地的玉米糟蹋光了。大伯说，真是对不起，你说到底怎么办。婶婶说，你赔我玉米。大伯说，它吃玉米，肯定长肉了，我就赔肉给你吧。大伯说着，端起枪，对着那头乱窜的猪轻轻一扣扳机，只听到"嘭"的一声，自己家那头猪连哼哼都没有，翻了几个跟斗就死了。大伯踢了踢死猪，对我说，怎么样，厉害吧？赶紧去拿个奖状回来，我煮肉给你吃。

大伯杀猪的好处很多，但是也带来了致命的打击。堂兄和嫂子都信佛，两口子农闲的时候就去帮忙洒扫寺庙，所以不吃荤，只吃斋，万一去别人家吃饭，他们的碗必须用泥巴涮一涮，更别说杀生了。因为这样，堂兄是独苗一根呢，一结婚就分家单过了。但是大伯杀猪吃肉，犯了佛门两大禁忌，有时候为了风中飘着一股血腥味，有时候为了撕心裂肺的猪叫，堂兄知道大伯又在杀生，就好言相劝，希望大伯放下屠刀，两个说着说着，就吵起来了，有时候干脆打一架。后来，堂兄为了图个清净，锁了门，闭了户，离开了村子，两口子跑到一百里开外，在一座荒废的寺庙里安了家。农忙的时候在寺庙周围开荒种地，种玉米与小麦，也种芝麻与黄豆，绝对不养羊也不养猪，养羊养猪都是要挨刀子的；农闲的时候打理一下寺庙的香火，给周围的山民们讲讲经、祈祈福。

大伯的死，和杀猪似乎有关，也似乎无关。大伯晚年学会了打麻将，估计为了打发日子。我从学校毕业工作以后，在回家过年的时候和大伯打过一次，那天是大年初一，早上吃过饺子，大伯就来叫我，说城市里热闹，回来不习惯吧？而且如今过年越来越清冷了，舞狮子呀，玩灯呀，唱戏呀，什么都没有了，我有个好玩的地方，你想不想去？我说，村子里没有歌舞厅，有什么好玩的？大伯说，歌舞厅是干什么的？我们去打麻将吧。我们村子民风淳朴，是没有地方打麻将的，大伯把我带到隔壁村子，两个人坐下来整整打了一天一夜。回家的路上，大伯问，你输了多少？我说，不到五百块。大伯从身上掏出两百块说，这是我赢的，补给你吧。

这是我见到大伯的最后一面。过了两年左右，我爸传来消息，大伯死了。村子里有病死的，有摔死的，有上吊死的，有喝敌敌畏死的，也有老死的，但是他的死法比较离奇，也让人非常难过，是掉进茅坑里淹死的。那天，他帮人家杀完猪，几个人凑在一起打麻将，打到凌晨两点左右，起身去茅坑撒尿，就再没有回来了。大家以为他赢了钱溜掉了，直到第二天中午才发现了他，已经被泡得圆鼓鼓的，鼻子眼睛里全是大粪。农村的茅坑是开放式的，当时黑漆漆的，而且下着大雪，估计是不小心滑进去的。据说，被捞起来的时候口袋里还有一张三万，是别人正好要胡的最后一个边张子，被他带到阴曹地府去了。堂兄从寺庙赶回来，毕竟是"出家"人，以慈悲为怀，不问青红皂白就把大伯埋掉了，只是跪在大伯灵前，念了三天三夜的经。也许是超度，也许是悲伤，也许是忏悔。

　　猪肉大部分要腌成腊肉，我们家的腊肉都由我爸一个人来腌，因为盐放多了太咸，放少了容易生虫子，只有我爸会把握得恰到好处。首先把肉一吊吊地放在盆子里放盐，光撒上去还不行，必须入表入里，所以要一点点抹上去。放好盐再放在大瓮里，像腌酸菜一样捂着。等着盐化进肉里，大概半个月吧，最后提出来，穿一根葛藤，一吊一吊地挂起来。不能挂得太低，也不能挂在墙上，必须挂在阁楼的大梁上，这样猫和老鼠都够不着。最理想的，是挂在可以被灶烟熏得着又通风的地方，这样的腊肉煮出来，无论汤还是肉，味道都特别特别香，有一股子烟火气息。尤其瘦肉是红色的，不用炒，可以直接撕下来吃，肥肉是淡黄色的，切开呈半透明状，放到锅里大火一爆，用琼脂玉肌来比喻一点都不过分。

　　腊肉和什么菜放在一起都是天配，我最拿手的是炒土豆、炒红萝卜、炒蒜苗、炒白菜、炒豆腐、炒冬瓜、炒粉条，每次大家都赞不绝口。其实做法非常简单，把腊肉煮熟以后，捞出来切成薄片，锅里放一点清油，大火使劲一爆，瘦肉就不瘦了，肥肉就不肥了，然后把菜加进去一炒，不用任何调料，甚至都不用放盐，就香喷喷的了。这是理想状态,在粮食缺乏的年代,普遍的吃法只有一种,就是腊肉煮萝卜。我们那里的土地非常贫瘠,草都长不茂盛,所以萝卜长不大,中间有梗,而且非常苦,不和肉一起煮,比中药还难吃,但是和腊肉放在一起煮,就好吃了,汤就好喝了。为了过过萝卜的味道,一根小骨头要煮一大锅萝卜,吃上好几天,连一点肉味都没有。啃骨头变成了最大的享受,我爸是家里的主劳力,所以骨头先由他啃一遍,他啃完了再交给我们啃第二遍。几遍啃下来,即使光溜溜的,也舍不得扔,要拿锤子砸成碎末,最好是砸成粉,捻起来吃个精光。所以年年杀猪,不知道杀过多少猪,但是整个村子里看不到一根骨头。

我爸每次腌腊肉以前,会挑一块五花肉留下来煮糖肉,这是腊肉以外很稀少的吃法。我爸非常喜欢吃糖肉,可惜只有大年三十晚上吃一顿。大年三十下午,他就亲自开始,先搭一炉子大火,有时候是炭火,有时候是柴火,把五花肉切成方块,放进瓦罐里,倒上水,加入红糖,煨在炉子上,等肉煨得差不多了,如果有栗子或者花生,剥几把放进去,年夜饭开始以后,再切几个红薯煮着,等年夜饭吃完了,糖肉也完全做好了,每个人舀一碗一吃一喝,不仅非常舒服,而且寓意甜甜美美。如今打电话给我爸拜年，不需要其他语言，问一句"糖肉吃了吧"，就已经足够了。

杀猪的主要目的，吃肉是一方面，关键还是吃油，油来自两部分，一部分是猪油，一部分是肥肉，也就是膘。过年串门子的时候，大家见面就问，你家的猪膘几指宽啊？如果猪膘三指宽，就是值得炫耀的；如果只有一指宽，就有些沮丧了。大家非常看重猪膘，是因为当年没有清油，主要吃漆油，是用漆树上的漆籽压榨出来的。我们村子有一个油房，有一个巨大的油槽，还支着一口大锅，专门用来蒸漆籽，每到秋末冬初就热火朝天，昼夜传来哼哈哼哈的号子，这是抡着大铁锤打油的声音。漆油遇热就化成液体，遇冷就结成块，样子和味道都像蜡烛。我们吃饭的时候，必须赶快吞下去，尤其冬天气温低，稍微慢一点，一结块就把牙缝糊住了，剔都剔不干净，而且吃完饭绝对不能喝凉水，不然肚子就会痛，原因是漆油粘到肠子上去了。

猪身上有几种东西，让我念念不忘。第一种东西是猪尿泡。我们家杀猪的时候，猪尿泡是完全交给我处理的，我会把它吹成气球，用一根长长的绳子系着，希望它带着自己，飘过树梢，飘过屋顶，飘过大山，飘上蓝天。它毕竟是猪身上长的，也许本身就是猪的灵魂，所以性格和猪一样，不轻盈，笨笨的样子，只能飞两三米的高度。直到成年以后，给儿子买气球、自己第一次玩气球的时候，我才明白气球很薄很轻，里边充的是氢气，所以猪尿泡是没有办法相比的。但是小时候没有气球，也没有其他玩具，有一个猪尿泡玩玩，牵着它满村子跑，已经很开心、很满足了。猪尿泡一般半个月就瘪了，没有办法再玩了，最后拿下来切成丝，偷偷地放在锅里一煮，做成一大碗汤喝下去，哎哟妈呀，真是太爽了。

第二种东西是油渣。杀猪的那天也要腌猪油，先把猪油铺开，撒一层盐，像做春卷一样卷起来，然后用葛藤绕着一绑，挂在楼板上，每次要吃的时候，脚下支一条板凳，从上边割一小疙瘩，加上蒜苗放在锅里一熬，直接炒菜或者添水下面条。油渣是混在里边的，每次端着碗的时候，赶紧在饭里挑一挑，看看有没有油渣；如果舀到了油渣，简直兴奋得都舍不得吃，一直留到最后一口，夹进嘴里嚼啊嚼啊，才缓慢地吞下去，尽量把感觉延长。猪油最美妙的一种吃法，是家里煮糊汤的时候，等吃完饭，把锅巴一揭，割一小块猪油熬成渣，直接把锅巴泡进去，再添一点点水，可以算天下第一美食了。我小时候是很难吃到的，因为稠糊汤才有锅巴，我们家大多数都是稀溜溜的，根本是结不出锅巴的，而且我爸才有资格吃锅巴，极少数我爸不在家的时候才能轮到我们。直到如今，我姐家只要吃糊汤，都喜欢留下锅巴，等我回去的时候按照方法泡一碗给我，有几次还专门寄到了上海，非常可惜，上海没有腌猪油，是做不出那种味道的。

第三种东西是猪肝。包括猪肺、猪心、猪肚在内的猪下水，都会放点盐用开水煮一下，在天热以前吃掉，和猪肉一样用来煮萝卜。猪肝可以放久一点，不仅不会坏，而且嚼起来面面的，我爸在我开学的时候会切一小块，让我带到学校当干粮，每次掰指头蛋子那么大，像吃糖果一样，放在嘴里大半天，然后再嚼半天，最后吞下去。那时候学校的窗户没有玻璃，有的用塑料布蒙着，有的干脆直接敞开着，寒风呼呼地朝里灌，加上没有棉衣棉鞋，我的脚每年冬天都会开裂子，开始流血，后来就会化脓，每走一步都痛得钻心。上初三的时候，遇到一个女同桌，她可能看我可怜吧，每天早上提一大盆木炭火塞在我的脚下，那年冬天成为我中学期间没有被冻伤的冬天之一。我很感动，为了报答她，我送给她一块猪肝，这样一来二去，在毕业以后，她经常给我写信，不应该算情书吧，大部分内容不记得了，只记得让她念念不忘的是"你的肝"。

猪

第四种东西是肉米。这是非常少见的，我们家碰到过一次，因为腌腊肉的时候，为省盐，放少了，天一热，竟然生出了虫子，瘦肉的虫子是深褐色的，肥肉的虫子是白色的，我爸非常心疼，说虫子是从猪肉里长出来的，也算是猪肉，猪肉可以吃，虫子就可以吃。但是虫子那么恶心，到底怎么吃呢？我姐出了一个主意，在肉吊子下边放一个盆子，盆子里撒一层面粉，虫子掉在面粉里一爬一滚，就变成了小面团，然后放在油锅里一炸。等炸好了，没有人敢吃，我爸先尝了一个，再尝了一个，然后就笑了。原来这样一炸，比任何一种吃法都脆都香。我爸感觉这种吃法太浪费，只有在下面条或者煮萝卜的时候才允许放几个进去，非常像南方的虾米冬瓜汤。

第五种东西是胰子油。这是我们自己制作的香皂，方法比较简单，拿出胰脏，选择和猪油差不多的那一块，取下来切碎，放在蒜窝子里，先加入一小把碱面子捣成糊糊，再加入棉花捣成一团，最后挖出来分成几块，捏成香皂的样子，放在风中晾干，这样胰子油就做成了。棉花可以定型，碱面子可以去污，胰脏含有脂肪和其他营养，尤其它是粉红色的，比胭脂的颜色更自然，所以用来洗手洗脸，不仅洗得干净，可以保湿、润滑，手不会开裂子，而且脸红扑扑的，显得光滑细嫩。再深入一点说，可以消毒、祛皱和疗疮，比高级美容化妆品效果好多了。我们家每杀一次猪，我爸可以制十块八块，留几块自己家里用，剩下的就送人了，比如我二姨娘啊，舅娘啊，小婶啊，她们都会主动来要的。

不知道从什么时候起，我们村子养猪的人少了，慢慢地都不养猪了，原因是大家纷纷进城了，比如我爸，家里剩下他一个人生活，养着猪，拖累太大，根本不敢出门。即使有人养了猪，自己也不杀，直接卖生猪，一是没有杀猪的，二是也不划算。大家想吃猪肉的时候，天天都有三轮车来村子，拉着各种各样的蔬菜，包括鸡鸭鱼，应有尽有，随时割一块就行了。我爸虽然不养猪，但是每年腊月都会买几十斤猪肉腌起来，除了他自己吃，总会给我留两块。某一年暑假，我带着老婆孩子回去，离开的那天，我爸把最后一块腊肉装起来，让我带回上海，但是上边有虫子，我说那不是虫子，是肉米，肉米也是肉，炸出来更香，老婆死活不相信，刚刚出村子呢，就给扔到小河里去了。后来，我爸很伤心地说，那块腊肉多好啊，我自己舍不得吃留给你们，被你们扔掉了吧？我很吃惊，问他怎么知道的。我爸说，人家过河的时候捡回去吃掉了，现在还一直笑话我，养了个有出息的儿子，不认识他们这些土农民就算了，连腊肉怎么都不认识了。

　　在上海，我天天可以看到猪，它以肉的形式出没着，菜市场，餐桌，超市，凌晨飞奔的马路，但是仅仅见过一次活猪。城市是不准居民养猪的，有一天突然接到一个新闻线索，说南京路有人遛猪。那么繁华的地方，遛狗都很艰难，怎么可能遛猪呢？原以为是假新闻，派记者过去一看，确实有一头大肥猪在哼哼叽叽地招摇过市，唯一的不同，它是白色的。记者采访发现，这头猪出现在城市是一个美丽的误会，人家本来想养一头迷你猪，谁知道一天天长大，竟然一下子长到一百多斤。开始是以宠物来养的，养着养着就有了感情，不忍心抛弃，也不忍心杀，只好一直养在阁楼上，天天给它洗澡，随时给它清理粪便；而且猪不会像狗一样汪汪大叫，样子比较可爱，性格比较温和，并没有遭到邻居的反对，偶尔拉到外边遛一遛，大家不仅不反感，还非常开心。联想到自己养猪的日子，我简直高兴坏了，不仅仅报道新闻事实，还组织了一场大讨论——在城市，可以养狗，可以养猫，我们为什么不能养猪？因为猪的性格比较憨厚，好欺负对吗？因为猪的外貌看上去没有美感对吗？因为猪的宿命就是被杀了吃肉对吗？

我希望为猪正名的想法并没有引起多少共鸣，大家的意见很集中，猪拉屎撒尿会污染环境。少数和我经历相同的从农村来的人，进行了苍白的反问：凡是生命，有谁不拉屎撒尿呢？狗和猫不拉屎撒尿吗？屎和尿好好处理是有益的，比如在农村，这些是肥料的主要来源，被看得非常金贵，粮食就是这么种出来的；比如在草原，马粪被捡起来晾干，作为生活燃料，用来生火做饭和取暖……同样是猪，生活在农村和生活在城市，命运竟然完全不一样了。似乎和农村人与城市人是相反的：农村人活着就是活着，不为所谓的意义，如城市的猪；城市人活着就在考虑着死，总要讲价值和意义，如农村的猪。我没有再见那头猪，不知道它的下场，它会不会成为世界上最幸运的也是最不幸的猪呢？它会不会成为人间第一头老死的也是第一头没有被吃掉的猪呢？它活着的目的不是被人们杀死，它死的目的不是为了人们活着。

前不久，我姐打来电话，说村子进行新农村改造，按照上边的统一布置，家里的墙要刷石灰，院子要铺水泥，猪圈那么大一个坑，已经不养猪了，如果再留着不仅不美观，而且容易积水，孳生蚊子和苍蝇，建议填起来算了，但是遭到了我爸的强烈反对。我偷偷地笑了，我赞同我爸的意见，也明白他的心思，猪圈还在，这个家就是完整的,他吃饭的时候,抽烟的时候,就有蹲的地方了,而且万一哪一年又要养猪了怎么办?

我告诉我爸,你在猪圈旁边栽一棵树吧?我爸说,栽什么树?我说,就栽枸叶树。我爸说,我怎么没有想到啊!

我再过一段时间回去,在原来那个地方,果然发现了一棵枸叶树,不大,就一丈多高,上边已经结出红色的果子,刚刚可以把蹲在下边的我爸罩在阴影里。

第二章 話劇

猫

我妈过世的时候,她三十九岁,我七八岁的样子,她在我心中留下一幅画,留白很多,仅有寥寥两笔。

第一笔是去二姨娘家走亲戚。二姨娘住在一个叫蔡川的地方,离我们家有六十里路,需要翻过两座山。我妈当时已经生病,而且病得不轻,想背着我,没有力气,所以靠着我自己步行。那天太阳特别毒,天上连一丝云彩都没有,勉强翻过第一座山,我的脚已经磨起了水泡,每走一步都钻心地痛,好不容易看到一户人家,我们就进去讨水喝,攀扯攀扯还算大姨夫的远房亲戚。那户亲戚房背后有一棵果树,结着稠巴巴的果子,不是桃子,也不是梨子,有点像苹果,但是比苹果小一些,核桃那么大,黄里透红,非常好看……我妈指了指那棵树问,那是不是沙果树呀?人家说,是呀。我妈说,好几年前吃过一次,都不记得味道是酸的甜的了。人家说,没有熟透是酸的,酸透了就是甜的。我妈说,我儿子嘴巴馋,刚刚要爬树,被我好好骂了一顿。人家说,孩子嘛,我给他摘几个去。人家跑过去摘了几个放在我妈的怀里。

重新上路的时候,我生气地问我妈,我什么时候要爬树了？我又不是小偷。我妈笑着递给我一个沙果说，我不这样说，你能吃上沙果？你赶紧尝尝吧。我咬了一口，妈呀，不仅甜，而且面面的。我妈说，怎么样？我说，妈你也尝尝，真是太好吃了。她当时的意思是她喜欢吃桃子，不喜欢吃沙果。我想再吃第二个的时候，她就告诉我，拐过那个弯子吧；我想再吃第三个的时候，她又告诉我，爬上那个坡吧。她每次距我有一段距离的时候，就站在前方拿出一个沙果，一边朝我挥舞一边喊叫，儿子，你快点，快点来吃沙果。为了能吃到沙果，我就会忍住疼痛，使劲地朝前走啊走。那天，我就是在这种诱惑之下才走完六十里全程的。这段经历给我留下了深刻印象，也是我妈唯一一次对我的教育，但是这种教育让我受用了半辈子，在许多人生紧要关头，实在忍不住要放弃的时候，我的眼前就会出现那个沙果的模样，我就会忽视面前的困境，咬咬牙坚持向前走。

第二笔是一只猫。那只猫是灰色的，所以名字叫灰灰。灰灰的胡子是白色的，撅得很高，像我妈的保镖，和我妈形影不离。我妈出门挑水或者洗衣服的时候，它缓缓地迈着八字步，拖着一根大尾巴，耀武扬威地在前边开路；我妈坐在太阳底下纳鞋底子或者坐在煤油灯下补衣服的时候，它就蜷成一团静静地伏在她的腿上；我妈冬天天冷睡觉的时候，它就伏在她的脚边，暖暖和和地焐着她的脚。我妈身体不好，老是恶心、吐酸水、打气嗝，估计患了肠胃病，赤脚医生开了很多中药，家里一年四季都在熬药，整个村子都飘浮着中药的气息，按照当地的习惯，药渣必须倒在门前的十字路口，意思是让行人把病魔带走。我非常喜欢倒药渣子，因为我妈的中药里，每次都有甘草，米黄色的，非常好认，谁倒药渣子，里边的甘草就归谁，不过熬过三遍以后，甘草已经没有什么甜味。我们这些孩子不懂事，偶尔趁着大人不注意，就揭开熬药的罐子偷偷地捞那么一丁点，放在嘴里嚼上大半天。我们心中的小九九被灰灰识破了，每次熬药的时候，它像守护神一样伏在火盆边上，我们一靠近，它就撅胡子瞪眼。有几次，看到它眯着眼睛睡着了，我悄悄地走过去，刚刚要揭开罐子呢，它一爪子伸过来，把我的手挠出一条血痕。我很生气，上去揪它的胡子，拧它的耳朵，它倒一点都不在乎，很得意地跑过去蹭蹭我妈的手，有些邀功请赏的意思。

　　我妈吃过很多中药，据说每年有几背笼，但是丝毫不见好转，后来不知道从哪里听说一个偏方，每次犯病的时候就吃萝卜，但是不能生吃，必须烧熟了吃。萝卜似乎挺管用的，起码止住了呕吐，所以我爸把几分自留地拿出来专门种萝卜。自留地不肥,又在阴坡,每年收获几十斤,相对大点的,我妈挑出来煮给家里人吃,剩下一些萝卜儿子,和大拇指差不多粗,不仅仅都是梗,而且苦巴巴的。只有非常难受的时候,我妈才拿出一个埋在火灰里。有一天半夜,我妈呕吐得非常厉害,快把肠子都倒出来了,吐出来的清水里还有血丝。我妈从火塘里掏出烧萝卜正要吃呢,突然发现站在旁边的我,可怜巴巴地咽着口水,于是把萝卜儿子递给了我。我姐非常生气,狠狠地骂了我一顿,说这根萝卜是家里的最后一根,你怎么不打打自己的嘴巴?当时,那只猫也在场,它非常着急似的围着我妈来来回回转,一会儿就离开了,大概十五分钟吧,它嘴里叼着一只老鼠,像得胜还朝的将军一样回来了。它把老鼠叼过去放在我妈的脚边,然后朝着我妈喵喵地叫了两声。我姐问,你知道灰灰为什么逮老鼠吧?我说,它估计饿了。我姐说,它不是饿了!它发现你把妈的萝卜吃掉了,所以它想给妈逮一个萝卜回来。我一看,那只老鼠确实比萝卜还大。我姐说,你看看,你还不如一只猫。我妈安慰我,别听你姐的,猫能懂什么呀,我又不吃老鼠。

我妈过世那天,我还不知道死是什么,更不知道死和不死的差别,所以总以为我妈还会回来,但是从学校回到家，不仅没有人做饭，连喝一口水都要自己烧，衣服要自己洗自己缝补，尤其是回家的时候，远远地再也看不到房顶上袅袅的炊烟，而且大门经常是关着的，甚至是锁着的，这才终于明白每个人一辈子只有一个妈，妈是绝对不可能重复的，而且走了以后，再也不会回来了，不似种在地里的庄稼，还可以一茬一茬地长出来。随着慢慢长大，那种伤感越来越多，因为无比想她的时候，竟然不知道她长什么样子，胖还是瘦，多高个子，头发长还是短。到底是什么感觉呢？这样比喻吧，像冬天的一只蝴蝶飞啊飞啊，始终看不到一朵花，不知道在哪里落脚。直到二十多年以后，我姐在搬家的时候，发现了一张我妈的照片，这是我妈留在世上的唯一一张照片，一寸大，黑白的，照片比较模糊。我找到一家照相馆，让师傅进行了修复，然后放大到十二寸，才清晰地发现，我妈穿着一件黑色的斜襟的棉袄，棉裤上有几个大大小小的补丁，脚上穿着一双圆口的布鞋，也许长期生病吧，眼睛深陷，眉毛紧锁，留着剪发头……我长得太像我妈了，我的头之所以又大又长，像一个竖起来的土豆，而且很有佛相，原来是遗传了我妈。拍摄的背景在我家门前，背后是一块空地，地里没有庄稼，覆盖着一层白雪，地里有一根电线杆，电线上有两个黑点，我仔细辨认了好多天，原来是两只麻雀站在上边，还有一只猫，那就是灰灰，翘着尾巴蹲在她的旁边。我非常不理解，她为什么宁愿和一只猫照相，都不和我一起照相呢？为什么不趁机给我拍一张照片呢？我人生的第一张照片竟然是初中毕业合影，以至于我都不知道自己小时候丑成了什么样子。我姐道出了实情，当时有一种说法，照相会把人的魂勾走，之所以给我妈照相，是因为她那时候已经病得不轻，拍完照片不到两年时间，我妈就过世了。我妈过世前好几天，也许闻到了死亡的气息，也许看到了慢慢出窍的灵魂，灰灰昼夜不停地嚎叫，那沙哑的声音非常凄凉，吓得整个村子里的人直哆嗦。直到我妈断气以后，它像一下子变成了哑巴，再没有叫过一声。我妈被装进棺材的时候，它也趁机跳了进去，大家赶了半天，它死活不出来。有人建议，干脆当陪葬吧。有人说，太残忍了，最后强行把它拖了出来。但是它像把魂弄丢了似的，整天卧在我妈曾经睡过的床边，喂它，它不积极，不喂它，它也无所谓，大概过了三个多月，也跟着死掉了。

我刚到上海的时候，也许城市的猫和农村的猫性情不一样，给我留下了不太舒服的印象。我当时单身，也比较单纯。我最初租住在静安区的昌平路，是石库门老房子，背后是工人体育场，每天早晨和傍晚，都有人在那里打网球，对面是自然美大厦，上边有很多美容院，所以周边常常有俊男美女出没。这种老弄堂，流浪猫特别多，它们到处乱窜，最喜欢爬上屋顶，估计屋顶不受干扰，而且头顶星空非常浪漫，可以纵情享乐和交欢。我刚住进去不多久，春天就来了，正值猫的发情旺季，每天半夜三更，头顶就叫成一片，它们叫春的时候，像婴儿的啼哭，让人揪心不已。到了春末夏初，心想会清静一些吧，但是从某一天开始，隔壁也传出了肆无忌惮的尖叫，忽而叫声特别刺耳，像被狠狠地捅了一刀，忽而叫声细若游丝，像奄奄一息的病人，感觉特别悲惨，特别绝望，再夹杂着猫叫春的声音，搞得整个弄堂像杀猪场一样。我从尖叫声判断，应该是一对小夫妻闹矛盾，老公有家庭暴力行为。这种房子不隔音，墙壁形同虚设，所以饱受折磨，有种见死不救的负罪感。

有一天，房东来收租，大白天呢，隔壁又在杀猪，我告诉房东，不知道为什么，小两口天天打架。房东是女的，她红着脸说，他们天天这样？我说，是呀，再不报警的话，要出人命了。房东看我一脸严肃，不像开玩笑的样子，于是哈哈大笑，说警察也管不了吧？有法律规定不准叫床吗？我突然意识到自己很无知，原来人家并非打架,而是恩爱呢喃。单身的日子,漫漫长夜本来就十分煎熬,每次躺上床,再听到两种声音交汇着淹没过来,像有人当着自己的面肆意寻欢一样,真有些崩溃,有时候想大声吼叫,有时候想砸墙壁,以此提出警告,但是最终都忍了,走路呀,接电话呀,都尽量放轻一点,生怕影响人家的情绪。实在忍不住的时候,干脆拿流浪猫出气,提着酒瓶子扔向房顶。

有一天中午,我回去拿东西,正开门呢,隔壁的门"吱咛"一声开了,从里边走出一男一女。我曾经对这两个发声体充满了无穷的幻想,心想能发出那么丰富的声音,肯定像一架黑白分明的钢琴一样漂亮。但是猛然一看,哎哟妈呀,不是我不恭敬,女的像麻袋,男的像水桶,而且都在四十岁左右,也许纵欲过度吧,像破旧的灰头土脸的手风琴……我喜欢听手风琴的声音,但是特别不喜欢随时都要散架的那种样子。非常奇怪,自从见到两张脸,再听到尖叫声,心情就不一样了,任何想法都没有了,反而显得更加平静了。

我儿子出生以前,我和猫发生了一场战争。当时为了迎接新生命,我把家里的花花草草修剪和清理了一下,比如绿萝呀,滴水观音呀,有几棵枝繁叶茂,都顶到天花板了。老婆小青害怕它们有毒,让我统统移到门外的走廊，没想到竟然被流浪猫占领，当成了自己的乐园。有一只猫来路不明，把花盆当成了它的茅坑，我天天去清理，怎么也弄不干净，尿骚味熏得人头晕眼花。邻居装修，扔掉一块三合板，有两面席子那么大，我就用它把整个楼梯都堵住，但这猫本事挺大的，根本挡不住它。我怀疑不是野猫，是谁家养的宠物，挨家挨户敲过门，在楼道里张贴过"告同胞书"，没有一位邻居承认。那阵子，我天天爬楼梯，从一楼爬到顶楼，再从顶楼走到一楼，想捣毁这猫的老巢。每爬一次楼梯，都累出一身汗。我改变了策略，凌晨三点起床守在走廊里，果然发现了肇事者，它是黄色的，体形较大，走路威武雄壮，像一只微缩版的老虎。我提起一根棍子便追，哪里追得上一只畜生，从一楼追到顶楼，眼看着走投无路了，但是它一个折身就从脚下溜掉了。我又追到一楼的时候，连影子都没有了。

大门是紧闭着的，唯有电梯上上下下。我喘着粗气走进电梯，发现搞清洁的阿姨在电梯里低头拖地。我问，有一只猫你见过吗？阿姨说，没有啊。我说，猫会乘电梯吗？阿姨说，应该不会吧？我气急败坏地回到家，丈母娘正准备下楼买菜。我问，猫会乘电梯吗？丈母娘说，你以为她是猫王吗？我说，它不会飞，如果不坐电梯，不可能逃走啊。不一会儿，听到丈母娘与阿姨的争吵。按照丈母娘的意思，因为我们把花盆放在走廊上，影响了环境整洁，所以猫应该是住在地下室的，是阿姨给它按的电梯，它才上来的。

我万般无奈之下想出狠招。第一招，是在花盆里埋进了油泼辣子。我心想，自己都被辣得直翻白眼，它用爪子刨坑的时候，不辣它个泪流满面才怪呢。但是我埋了这个花盆，它换到那个花盆，我埋那个花盆，它换到这个花盆，最后干脆直接在地上大小便。第二招，撒上琉璃渣。我们家阳台打碎了一块玻璃，我把锋利的玻璃渣撒在走廊，猫蹲茅坑的时候，应该能把它的屁股扎烂。但是猫练就了轻功，是武林中的高手高手高高手，或者不怕痛，依然治不了它。第三招，用粘鼠板。我把三张粘鼠板放在一条必经的通道上，第二天粘鼠板上果然留下了一串脚印，恐怕被粘住以后，又逃掉了。我也不想置它于死地，逃跑就逃跑吧，真想不明白，不就蹲个茅坑吗，为什么要冒着生命危险。第四招，老鼠药，也就是投毒。我纠结了好几天，犹豫要不要痛下杀手，但是这畜生似乎在故意戏弄我，不仅仅拉屎撒尿，还抱几根骨头来此用餐。我恼羞成怒，便打电话向物业求救，物业经理嘿嘿一笑，附在我耳朵边说，一包老鼠药不就解决了？我说，如果是人家养的宠物怎么办？物业经理说，谁知道是你干的？我从物业领到两包老鼠药，交代丈母娘买两条新鲜的鱼。等一切就绪，只等天黑。但是小青历来心善，开始一言不发，后来慌慌张张，端杯子的手不停地发抖。我说，我又不是杀人，你怕什么呢。小青说，万物都是有灵性的，尤其是猫，它东不去西不去，偏偏跑到我们这边来，到底意味着什么？我投毒的计划并没有实施，不过，第二天十分神奇，第三天更加神奇，一连好几天，再没有见到猫。我要投毒的消息不是物业传出去的，那么是谁泄露出去的呢？我恍然大悟，要么是神灵，要么是我们自己，我们在家里大声议论它的生死的时候，其实有意无意地向它传递着情报。

人猫大战，不战而和，几盆放在楼道里的植物，原以为能给别人带来一点美，但是长年不见光，几个月就残败了，放在外边会让大家不舒服，所以被我全部清理掉了，恐怕这也是那只猫的初衷吧？

老虎，狮子，豹子，够威风的了，但是统统都属于猫科。这个科以猫命名，科长是谁呢？自然是猫。猫被老先人驯服至少三千五百年了，不知道老先人当初驯化猫的目的是什么，难道完全是为了逮老鼠吗？能逮老鼠的动物很多，为什么要选择它呢？这估计和个性有关，它不粘人，也不伤人，适合当宠物。经过漫长的进化，估计被人宠坏了，或者沾染了人的坏毛病，它已经忘记天职，不逮老鼠，回家全职当宠物了。同样作为宠物，狗和人像哥们儿关系，它的性格比较明朗，一旦和你结拜，你无论怎么欺负它，它都会继续忠于你，而猫和人像情人关系，它的江湖气少一些，看上去感情淡漠一些，其实是感情更加独立一些。如果你抛弃它，它宁愿流浪天涯，也不会死缠烂打地不放手；如果你一心一意对它，它也会死心塌地地对你。所以，狗完全被驯化，而猫一直没有，野猫作为另外一种存在，不接受人类的饲养，一直自己捕食，拥有自己的领地，独立而自由地生活在大自然中。

猫的特点很多，比如喜欢睡觉，其实是精神衰弱，根本睡不踏实，稍微风吹草动，它的眼睛就会睁开，迅速地蹦起来；比如非常爱干净，有空就舔自己的毛，尤其喜欢把口水吐在爪子上，非常认真地去洗脸；比如喜欢别人摸它，类似于给它梳头，你顺着毛一摸，它的骨头就软了，千万不要倒着摸，弄乱了它的发型，它会挠你的。

猫用爪子挠人的功夫很高，迅速，精准，深刻，有些手起刀落的感觉。猫并不轻浮，它挠你，估计是你惹了它。它被你拥抱的时候，不喜欢搂脖子；它和你不认识的话，会非常紧张，不要去摸它；它在狩猎的时候处于高度戒备状态，不喜欢别人打扰它；它的惰性很强，在睡觉的时候，不要去挑逗它……天啊，总结一下，突然发现它不喜欢腻腻歪歪，有些假正经的样子，估计是为了撇清暧昧的关系吧？

女人喜欢挠人，是从猫那里偷师学艺的，可谓青出于蓝而胜于蓝，遇到欲行不轨的，挠！遇到挑战的，挠！打情骂俏的时候，也挠！她们尤其喜欢挠自己的男人，而且专挠脸和脖子，这是男人的面子和最重要的领地，被挠上几道血痕，像划分边境线一样，一目了然，比内伤还要内伤。我们有一个同事叫某某丽，他老婆偏偏叫某某忠，两口子真是绝配呀，在举行婚礼的时候，连司仪都弄反了，把男的叫新娘，把女的叫新郎，结婚以后，照样阴盛阳衰，他被老婆驯得服服帖帖的，其实老婆就一招，他不听话就挠，不多挠，也不深挠。挠太多，挠太深，自己心疼不说，万一破相了还得送去医院。他喜欢穿有领子的衣服，冬天还好，夏天遮是遮不住的，我们经常看到他脖子上有一道爪印子，每次不用主动问，他就会交代，自己养了一只猫。天长日久，我们都信以为真，有一次报社接到一条线索，说一只猫爬到树梢上抓鸟，自己下不来了，已经三天三夜了，再不施救就饿死了。我想他是养过猫的，肯定喜欢猫，懂得和猫交流，决定派他去采访，这时候才知道，他养的猫是他老婆，他恨得咬牙切齿，却又爱得无可奈何。

猫非常善于爬高，因为它的脚掌是一个弹性十足的肉垫，而且它的平衡感非常强，所以喜欢在墙头和屋顶漫步。走钢丝的杂技演员手中握着一根钢管，也是从猫身上学来的，猫平衡的诀窍在尾巴上，它可以通过调整尾巴的方向和高度，来获得和掌握平衡。但是猫也有致命的缺陷，它是恐高症患者。我们接到新闻线索以后，某某丽赶到现场进行营救。那是一棵水杉，长在小区绿化带里，碗口那么粗，枝丫非常稀少，而且猫待在树梢上，爬上去营救是够不着的。某某丽站在树下，说你的爪子不是会挠人吗，怎么逮不住一只鸟呀？你真是笨蛋，你能爬上去，就能溜下来，这树又不高，你怕什么呀？但是无论怎么刺激，怎么开导，猫根本不相信他。小区的居民纷纷跑来帮忙，拾起石头朝上砸，找来竹竿朝上捅，拿出一条鱼引诱，在炎炎夏日之下忙活了两个多小时，什么办法都用了，猫受此惊吓，反而越爬越高了。有人建议报警，某某丽露出自己脖子上的爪痕，说你们看看，这是被人抓的，警察都不管人死活，还会管一只流浪猫吗？但是拨打电话不久，开来了一辆消防车，几名消防战士赶来了，他们很快研究出一套方案，然后带着锯子，爬上云梯，把树梢给锯掉了。

树保住了，猫也得救了。

我们身边有不少好心人经常发起流浪猫救助活动。报社就接到过这样一个新闻线索：有一对母女，母亲守了寡，女儿是"剩女"，也许孤独寂寞吧，女儿下班回家的时候，总会拐进小区前边的绿化带，带些剩饭剩菜喂喂流浪猫。流浪猫时间一长就恋恋不舍地跟着她，过马路，进小区，上楼，她不忍心抛弃它们，干脆一只只逮回家去了。她妈对于收养流浪猫非常赞同，不仅去菜市场买点剩鱼剩肉，捡些被人抛弃的猪下水，给这些猫准备一日三餐，还给它们洗澡、梳头、除虫。她妈把那些猫当成孩子一样打扮得干干净净，空闲下来就和它们说话，讲自己的过去，讲童话故事，讲社会新闻，讲英雄传奇。她妈唠叨最多的，是原来怎么怎么样，自己年轻的时候怎么怎么样。她妈常常哀叹着告诉那些猫，说原来人心都是肉长的，是热的，是红的，是软的，是有感情的，受伤的时候是会疼的，而如今呢，人心是什么？

猫

是秤砣！秤砣是什么？是铁疙瘩！铁疙瘩是什么？是硬的，是黑的，是冰凉的，是沉甸甸的，咽下去会把人噎死。

她们母女收养的流浪猫很快达到五十多只，在两室一厅的房子里乱跑乱窜，有的爬在窗台上嬉戏，有的躺在阳台上睡觉。尤其到了发情期，半夜三更不睡觉，像饥饿的婴儿一样嚎叫，让上下邻居坐卧不安。有的婴儿跟着彻夜哭闹，有的小夫妻一时性起，跟着一夜贪欢，有些老年人干脆早早地起床晨练，打太极，舞剑，跑步。关键是风一吹，空气中就散发出一股尿骚味，还有细小的毛发在空中飘来飘去。好多人联名向物业投诉，说再不管管这群猫，他们都会变成疯子，也要去广场上转圈子了。

物业找上门，说人家联名投诉你，你说怎么办吧？她妈说，投诉我们什么？你们看看这些猫，原来没有家，下雨刮风，风餐露宿，多可怜啊。物业说，再这样下去，可怜的就是小区居民了。她妈有些意外地说，小区还有居民吗？我怎么不知道啊？大家怀疑，她妈精神有问题，生活在自己的世界里。物业说，天啊，全小区几千人呢，你不会以为就住着你们一家吧？她妈说，不管有多少人，我养在自己家里，花的是自己的钱，在做善事对不对？物业说，我们承认你保护小动物是公益行为，但是严重干扰了别人。她妈说,干扰别人什么了?物业说,不说尿骚味熏天,仅仅是撕心裂肺的猫叫春的声音,整夜整夜不停点,谁还受得了啊?她妈说,这些猫不睡觉吗?物业说,就是啊,你们和猫难道都不睡觉吗?她妈说,被你一提醒,我才想起来,它们为什么整天不睡觉呢?

她妈问,你们想杀掉它们吗?物业说,这太残忍了,它们是人类的朋友。她妈问,你们要抛弃它们吗?物业说,建议还是送人吧。她妈说,送给谁?物业说,可以让好心人来领养。她妈说,如今还有好心人吗?搞不好被他们领回去假冒羊肉,卖羊肉串了怎么办?物业说,羊肉与猫肉味道不一样。她妈说,难道你吃过猫肉吗?物业说,猫肉多恶心,谁敢吃啊!她妈说,那你怎么区分它们的味道不一样?物业把情况反映给居委会,居委会觉得一个七十多岁的老人,似乎精神又有毛病,是惹不起的,就商量在小区外边的绿化带里,专门开辟一块地方供她们养猫。

她们在绿化带深处选了一个僻静的角落,搭起了一排小木屋,设了一道栅栏,成了流浪猫的新家。等到那些猫入住以后,许多老猫都生了小猫,加上自动投奔过来的,队伍很快壮大到六十多只,形成一个规模不小的养猫场,女儿干脆取了个名字,叫猫猫咪蒙收容所。有人来问，开养猫场，经济效益怎么样？她妈说，我们分文不入，而且还是贴本的。有人就问，你骗人的吧，亏本生意谁做啊？她妈说，我们不是做生意，我们是做公益。有人就问，养猫算什么公益？猫又不用抓老鼠。不久以后，有个老板来问，你这些猫卖不卖？我们可以高价收购。她妈说，它们又不能看家护院，你收购回去干什么？老板说，猫皮细腻、柔软又有光泽，剥下来可以做大衣，猫肉补虚劳、祛风湿、解毒散结，割下来可以加工成食品。她妈说，你们还是剥自己的皮割自己的肉吧，现在的人怎么这么缺德，都掉钱眼里去了。

但是半年不到，悲剧就发生了。有一天早上，上海非常冷，下着零星小雪，她妈按照往常的习惯，风雨无阻地先去菜市场，然后带着碎骨头烂肉去喂猫。以往看到她妈来了，猫都会扑到栅栏边欢快地叫着，但是现在一片寂静，她妈以为它们嫌冷，躲在被窝里睡觉，等到把猫屋的门打开，把猫食扔进去，吆喝一声"开饭了"，还是没有任何反应。她妈拾起一根竹竿，朝着里边捅了捅，说你们这些畜生，还知道开玩笑啊，快点醒醒出来吃饭吧。

她妈终于发现了异样，它们东倒西歪地躺成一片，像一只只被掏空的枕头。她妈意识到它们已经死了的时候，精神病彻底爆发了，像清扫战场的士兵，左手提着两只猫，右手提着两只猫，左肩膀挂着两只猫，右肩膀挂着两只猫，口里吐着白沫，眼里冒着雾气，绕着猫屋转了一圈又一圈，一直转到中午，最后晕倒在地上，被人送回了小区。

女儿下班的时候，听到这些猫一夜之间全死的消息，不仅仅是惊讶，简直被吓坏了，蹲在地上半天站不起来。她不知道到底是谁害死了她们的猫，虽然天依然很冷，还下着小雪，但是那天晚上，她没有回家睡觉，也没有合眼，坐在猫屋前边的草坪上，背靠着一棵合抱粗的香樟树，拿出一把小木梳、几包湿巾纸和自己平时化妆用的口红，借着昏暗的路灯给那些猫一只一只地化妆。她是一位化妆师，她是殡仪馆里的化妆师，她不仅给它们整理凌乱的头发，给它们擦去眼角和嘴角的污垢，给它们的嘴唇涂上口红，还掏出指甲刀，给它们剪指甲。其中有四只猫，可能是被同伴抓伤的，也可能是在挣扎的过程中自己把自己咬伤的，身上留下了大大小小的伤口。她必须回家，带一点针线过来，给它们缝合一下。这是一名化妆师必须做的，她不能因为死者的身份卑微，比如因为它们是几只猫，而忽视它们遗体上的残缺。这毕竟是告别世界，是对生命应有的尊重，她必须追求完美。她的动作是那么熟练，是那么深情，是那么神圣，是那么一丝不苟，和她在殡仪馆里一模一样。太阳高高地升起来，似乎没有经过那个夜晚，也没有下过那场雪。这些被整容化妆以后的猫，看起来那么光彩照人又那么疲惫，像刚刚参加完一场盛大的宴会，吃饱了，喝足了，睡着了。

也许受到了刺激吧，她妈真的疯了，病情越来越重，整天跑到绿化带，朝着一棵树扇耳光，口口声声说自己是杀人犯，是自己害死了那么多人。人家说，不是人，是猫。她妈说，猫不就是人吗？

听完记者采访的故事，我隐隐感到心痛。相比之下，我更愿意她们把猫当成猫，把人当成人，只有划清界限，她们才会真正放下。

有一天半夜，我下班回家的时候，看到有一团黑影，像被谁使劲掼在地上的琉璃球，在马路中间上下跳动，越来越慢，越来越低，越来越接近地面，最后被过往的车辆压成了路面的一部分。我跑过去一看，发现路面血肉模糊，和一摊泥巴差别不大，原来又是一只命丧黄泉的流浪猫。猫有九条命，各种各样的传说很多，估计有着唐僧西天取经、经历九重磨难九死一生的意思。但是，它们真有九条命的话，用每一条命来干什么呢？用来贪玩？用来上树？用来逮老鼠？用来流浪？用来挥霍？用来爱和恨?用来让人类杀戮?

我想,如果它们真有这么多条命,它们也许更加悲惨了吧?毕竟是死亡维护了活着的神圣,是死亡维护了世界的安宁。

第三章 鼠

鼠

老鼠很幸运,不仅被尊称为"老",而且有一个乳名,叫"耗子"。

我查了一下,这家伙的乳名挺有来头的,据《梁书·张率传》记载,南朝文学家张率性情宽厚,有一次派遣家僮给家中送去三千石米,到了一称,竟然少了一半,张率问为什么少了这么多,家僮回答道:"雀鼠耗也。"张率闻言大笑道:"壮哉雀鼠!"这些麻雀和老鼠也太厉害了,居然消耗了一千多石米。张率笑过以后,并没有追究家僮的贪污行为。后来,人们就把正税之外附加的钱粮戏称为"雀鼠耗","耗"字即由此而来。民间出于对苛捐杂税的痛恨,把老鼠称作"耗子",希望它们嘴下留情,不要"耗"得太多,以免转嫁到百姓头上。不仅如此,上天还安排了一位神仙,专门掌管粮仓中的耗子,名字叫大耗星君,相传仓神为西汉开国元勋韩信,也就是说,大耗星君是韩王爷部下。古代把每年正月二十五定为"填仓节",在这一天是要祭祀的。

老鼠在十二生肖里排名第一,恐怕人和动物对此都不满意,觉得老鼠没有牛勤劳,没有老虎威风,没有兔子乖巧,没有龙传神,没有蛇神秘,没有马远大,没有羊温驯,没有猴子机灵,没有鸡务实,没有狗忠诚,没有猪憨厚,而且体形最小,到底凭什么啊?尤其是猫,说我多厉害啊,是专门降你来的,为什么没有挤进这份名单呢?传说是这样解释的:玉皇大帝派人举行了一场比赛,按照先后次序进行排名,老鼠站在牛背上第一个到达终点,所以排在了第一。那么到底比什么呢?如果比速度,马比牛厉害,如果比力气,老虎最厉害,如果比智商,猴子最厉害,而且在天上飞的,比如老鹰呀,燕子呀,麻雀呀,成绩全部被取消了,只有长翅膀的鸡入围了,因为鸡的翅膀是假的。还有一种说法,是按照醒来的时间定的,老鼠是在新旧交替的子时起床的,所以冠之以"子鼠",虽然没有太大说服力,倒是有几分道理。牛在丑时反刍,虎在寅时下山,龙在辰时飞天,蛇在巳时出游,猪一生贪睡,暗无天日,排在最后并不委屈,只是把鸡弄颠倒了,因为酉时正值黄昏,是鸡打道回巢的时间。

我估计,如果重选十二生肖,老鼠肯定会落选的,因为大家太讨厌它,毒药、铁夹子、强力胶水,想出各种各样的招数害它。它做错了什么呢?因为它偷粮食吗?我们家的粮食都装在大缸里,它是偷不走的;因为它身上带着病毒吗？狗咬人一口，还得狂犬病呢，家禽还有禽流感呢，大家似乎对后两者宽容多了。这些年各种疫情暴发，非典是果子狸传染的，新冠肺炎还没有查清楚，疑似是蝙蝠，又疑似是穿山甲，有人认为是一种警示和报应，你不啖其肉、饮其血、剥其皮，人家还会传染你吗？我觉得这是自然规律，人类好像站在食物链的顶层，如果想杀谁就杀谁，想吃谁就吃谁，肯定是不对的。人类看似没有天敌，其实天敌无处不在，只是我们看不见、摸不着，比如那些病毒。

我是不太反感老鼠的，而且有一点感激老鼠。第一次产生这种感情是某一年夏天。我爸背着一捆麦子过河的时候脚下一滑，掉进水里把腿摔坏了，按照大家的说法，过河的还有另一个女人，两个人是站在水中打闹的时候出事的。赤脚医生跑过来诊断了一下，说根本不是简单的脱臼。当时，我姐已经出嫁，我哥还在世，他和小叔一起用架子车拉着我爸赶紧送往县城医院，把我一个人留在家里看门。天慢慢黑了，房子消失了，树消失了，庄稼消失了，整个村子消失了，大山也消失了，我哥我姐经常讲鬼故事，故事里的鬼都出现了，有的没有下巴，有的张着血盆大口，我真是害怕极了，不敢去茅坑撒尿，不敢去厨房做饭,不敢躺下来睡觉,只好坐在门枕上等啊等啊。时间都大半夜了,他们还没有回来,我去学校找老师,那位经常住校的李老师不在;我又去找邻居,两家关系不好,经常为一些小事情吵架,而且人家已经休息了;我有一位关系不错的小伙伴,他家住在河对面的阴坡,去他们家必须经过一块坟地;我小叔家有一只狗,不知道为什么,不再串门子了,而且叫都不叫一声了。我绝望地点着煤油灯,瞪着眼睛定定地躺在床上,我妈过世时候的样子回来了,奶奶迁坟的时候棺材里躺着的一堆白骨回来了,村子里每一个死人都回来了,鬼故事里的那些鬼叽叽歪歪地围在窗外,随时都会冲进来一样……我把窗子和房门紧紧地顶起来,死死地盯着天花板。

最难过的是后半夜,煤油灯上边结出几颗灯花,灯光更加昏暗了,而且很快要熬干了,马上就要熄灭,被风轻轻一吹,那种飘忽忽的样子,像鬼在移动似的。我的灵感来了,鬼特别喜欢黑暗,黑暗也许就是鬼,所以鬼特别害怕火,我为什么不生一炉火,把它们给赶跑呢?我从床底下拿出火盆和木炭,赶紧把火搭起来。村子里的夏天,尤其后半夜的夏天,虽然气温不算太高,但是一盆大火把房间烘得十分热,却没有完全赶走我的恐惧,我眼睛一眨不眨地睁着，捏捏自己的鼻子，拧拧自己的耳朵，但是我太累了，太困了，稍微不注意就迷迷糊糊地睡着了。这时候，老鼠出现了！它们也许是好奇，夏天怎么还烤火；它们也许是同情，这个孩子太可怜；它们也许是饿了，需要寻找食物。它们也许在梦游，开始一只，然后两只、三只、四五只，不知道从哪里纷纷冒了出来。它们像表演杂技的运动员，有的从天花板坐着滑梯一样溜下来，有的从这面墙壁蹿到另一面墙壁，有的爬在洞口骨碌碌地转着眼睛左瞧右看，有的干脆爬上床闻闻我的被子和枕头。而我就是这场演出的总指挥，我轻轻地咳嗽一声，它们立即停下来；我安安静静地坐着，它们又开始行动了。

我经常听到老鼠吱吱的嬉闹声，很少看到它们长成什么样子，更没有近距离地相处过，原来它们的身体如此光滑，它们的动作如此迅速，它们的相貌如此可爱，它们像从火盆里蹿出来的一团火苗，跳跃着，旋转着，徘徊着，一会儿放大，一会儿缩小，一会儿拉长，一会儿缩短……村子里流传着一种说法，鬼听到鸡叫就会躲起来，老鼠的本事大多了，所以鬼应该也怕老鼠，有老鼠在旁边，鬼就不会伤害我。而且老鼠是活着的，活着的东西都是有生命的，有生命相伴就不用恐惧，于是害怕减轻了,压力慢慢地小了。冬天的晚上,大家经常围着火盆而坐,一边聊天一边吃玉米花,这是度过漫漫长夜唯一的乐趣。我从缸里挖出半碗玉米,拿来一把铁锨架在火盆上,开始炒玉米花,整个房间立即弥漫着浓烈的香味,鼠兄鼠弟们一下子安静下来,我能感受得到它们蹲在某个地方偷偷地盯着我,抽着鼻子,撅着胡子,陶醉地呼吸着玉米花的香味。今夜,它们是我的伙伴,我想感谢它们,所以自己吃一粒,就向角落里扔一粒,它们开始非常小心,但是最终禁不住诱惑,先溜出来一只,探头探脑地吃掉一粒,发现没有什么危险,于是又跑出来两只,再跑出来一群,大的、小的、灰色的、乳黄色的……它们应该是一家,有鼠妈妈,有鼠儿子,有鼠哥哥,有鼠弟弟,它们不争不抢,甚至还相互帮助。我干脆把玉米花全部扔过去,为了不吓着它们,自己则一动不动地坐着。它们或许把我当成了同类,或许把我当成了一件家具,或许把我当成了阴影的一部分,胆子越来越大了,离我越来越近了,甚至有那么几只故意跑过来,咬我的脚,咬我的衣服,碰碰我的手指。不知道是哪一只笨蛋,竟然咬了咬旁边的铁锨,铁锨是热的,肯定被烫着了,吱吱地叫了两声,就躲起来不见了。

鸡叫三遍,天终于亮了,我也可以安心地入睡了。

那天，我做梦了，梦见杂技团来了村子。中午的时候，消息从县城传回来，说我爸的检查结果是膝盖粉碎性骨折，需要住院做手术，好在我姐得到消息，从婆家赶回来了。我爸和我哥是半个月后回到家的，此后很长一段时间，我哥不停地炫耀，丹江河有多宽，卡车有几个轮子，县城到底有多大。他每次都会捡起一粒沙子，再搬起一块石头，然后告诉我们，如果我们的村子是一粒沙子，那么县城就是一块石头。这种说法并没有得到我爸的证实，因为我爸一直待在病房里，而我哥除了吃饭睡觉回到医院，其余时间都在大街小巷溜达，在路边看别人修自行车，去商场看各种各样的商品，看走多少步才能走到一条街的尽头，直到半夜才会偷偷溜回医院。我爸是村子里第一个进县医院看病的人，他的炫耀方式和我哥不一样，他能够非常准确地预报天气，比如要下雨呀下雪呀，他头一天就会指着自己的膝盖说，他那里有一个气象台，因为每次要变天的时候，他的膝盖里就会隐隐作痛。其实，最值得炫耀的是我，每次听到我哥和我爸的话，我就会告诉他们，他们去县城的那些天，我看过一场杂技表演，那是最精彩的。他们信以为真，但是哪里知道，主要演员不是那些小丫头们，而是我们家的一群老鼠。

生活在村子里的日子，我对老鼠的了解非常皮毛，虽然我们天天可以听到老鼠叽叽叫，但是不知道它们的家在哪里，它们什么时候睡觉，它们到底是怎么繁殖的，它们是如何对待父母兄弟的，甚至都不知道它们最喜欢吃什么。直到后来，我中学毕业的时候，考上了一所农业学校，学了四年畜牧兽医专业，不仅了解了它们的一些生活习性，还从它们的身上领悟到许多人生道理，你不得不佩服它们的天赋和生存能力。无论从哪一方面看，它们都并不比人类差，如果地球真要发生毁灭性的灾难，人类和十二生肖中的动物，能够逃过一劫的也许只有老鼠。按照这样的逻辑推理，在人类以前主宰世界的是恐龙，人类以后主宰世界的也许是老鼠。

　　老鼠第一个特点，眼睛小，又近视，"鼠目寸光"就是这个意思，即使配一副眼镜给它们，它们照样不可能高瞻远瞩。而且它们还是色盲，世界在它们面前像一张拍糊了的黑白照片。不过，能活着，活得津津有味，活得生机勃勃，肯定都有两把刷子。它们的刷子是什么呢？我们在一间房子里做过一系列实验，首先拿一块胶布蒙住它们的眼睛，它们根本不受影响，可以顺利地找到房门逃走，说明眼睛对它们而言类似一个装饰；其次再用胶布封住它们的鼻子，它们又成功脱逃了，说明它们依靠的不是嗅觉；最后，我们拿出两只老鼠，堵住一只的嘴巴，封住另一只的鼻子和耳朵，惊奇地发现它们都脱逃了，说明它们并不像蝙蝠那样靠着超声波辨别方向。

　　它们靠什么敏锐地捕捉复杂的环境信息呢？我们的实验老师启发我们，越是普通的东西越容易被忽视，越有可能隐藏着惊天大秘密，所以必须好好地观察一下，看看老鼠身上什么东西最普通，最容易被忽视。老师捋着他的小胡子问,他为什么要长胡子？我们说你老了呀，老了就会长胡子。老师说，老鼠呢？这些老鼠年纪轻轻的，为什么生下来就长着胡子？我们看了看关在笼子里的老鼠，它们正在朝我们吹胡子瞪眼呢。我们突然意识到，对于人类而言，眼睛鼻子嘴巴耳朵，是我们认识世界的窗口，毫无用途的恰恰就是胡子。你留着它，虽然显得苍老了些，但是不会疼痛；你刮掉它，虽然显得年轻了些，但是不会延缓生命。不过对于老鼠而言，胡子已经没有这么简单了。

　　我们又逮住两只老鼠，残忍地剪掉它们的胡子，同时蒙住它们的耳鼻口，它们一下子就失去了灵气，不仅找不到房门，连东南西北都摸不着了。我们终于明白了，它们的秘密武器是胡子！它们的胡子就是它们的眼睛。它们凭着一撮小胡子，不仅不会迷路，在伸手不见五指的情况下，还会清楚地"看见"十米以外的东西。而我们呢？每到天黑以后，如果上天没有创造月亮，如果老祖先没有钻木取火，如果没有人发明电灯，我们都将变成瞎子。我进一步猜想，如果人类的胡子和老鼠的胡子一样厉害，夜晚会不会更加奇妙呢？世界会不会更加美好呢？比如，我妈缝补衣服就不用点煤油灯了，我爸出门就不用提马灯了，我们半夜三更下班回家就不需要路灯了。夜晚的黑就是黑，白天的白就是白，月光和星光就是纯粹的光。不过，女人怎么办呢？孩子怎么办呢？他们天生是不长胡子的。其实也不用担心，我们这些长胡子的男人牵着他们多好。如果晚上出门，每一个男人手中都牵着一个女人和孩子，在前边探路，这种情景恐怕天堂也不会如此吧？

老鼠第二个特点，有十六颗牙齿，其中上下各有一对门牙，从小到老总在不停生长，据说每个月能长三厘米，一辈子能长六七十厘米，有的可以达到一米左右。如果真是这样的话，老鼠可能和大象一样，整天呲着四根雪白的大牙齿，给人一种不可一世的感觉。它们也会因为四根大牙齿成为人类眼里的宝贝，不但不会遭到嫌弃，人们恐怕还会好吃好喝地招待着，然后掰掉它们的大牙齿，做筷子，当笔筒，雕刻成艺术品挂在脖子上，镶嵌在自己的剑柄上。不过，弊端也是明显的，如果它们拖着超出身体十几倍的大牙齿，行动肯定很不方便，吃饭肯定合不拢嘴，相互亲热一下吧，估计也非常碍事，生存和繁殖能力都会大大降低，这样经过漫长岁月的进化和优化，它们会不会真的成为濒临灭绝的需要保护的动物呢？

  当然，大自然是神奇的，在创造老鼠这一物种的时候，进行了精心的设计，它们给老鼠的日常生活安排了一节必修课，那就是磨牙，牙齿不停地生长，它们就不停地把牙齿磨平——我突然在想，如果大象也会磨牙的话，它还会成为人类到处捕猎的对象吗？它这么一个庞然大物还会活得这么窝囊吗？老鼠之所以有事没事到处乱窜，东咬咬，西咬咬，这其实是它们不让自己变成怪物的美容术。除此之外，磨牙还是老鼠的生活乐趣，如果不磨牙的话，没有烟，没有酒，没有书，不会打牌，不会上网，它们的生活，尤其是夜生活，应该非常枯燥乏味。磨牙更是老鼠的谋生手段，它们在轻松愉快的磨牙过程中，自然会发现各种各样的美食，然后把这些东西运回去，要么供大家分享，要么储藏起来过冬。而且，它们磨呀磨呀,牙齿越磨越尖锐,越磨越厉害,像一位武士在铸造着它们的独门武器,衣服、家具、树木、泥巴,全都不在话下,于是又一绝活产生了——打洞。有句话叫"龙生龙,凤生凤,老鼠的儿子会打洞",它们天生就可以在地下、墙角、树根等各种地方打洞,这些四通八达的曲径通幽的洞,既是它们的交通要道,又是它们的防御工程,可攻可守,可进可退,还能抵御空袭,也许正是受到它们的启示,人类才有了地道战吧?

关于老鼠磨牙,我一直想问问它们,它们到底是因为有了磨牙行为才造成牙齿的不停生长,还是因为牙齿不停地生长才学会了磨牙的呢?不管如何,这种非常严密的滴水不漏的生存逻辑关系,看似是天生的,是上天注定的,其实是大自然这位雕塑大师在不停地改变着万物的形态和习性,万物的习性又在不停地适应着大自然。比如,我们要说话,就造一张嘴巴给你;比如,我们要发现世界之美,就造一双眼睛给你;比如,上天给我们一头乌发,我们却不知道怎么利用它,这些乌发不仅仅会慢慢变白、慢慢脱落,还带来了很多麻烦,要打理,要剃度,如果再经过几千年几万年,人类应该都是光头了吧?由此,我们不得不惊叹,每一种生命,不管有多卑微,有多猥琐或者坦荡,经过天灾人祸能够活下来,那就是世界的成功者，都是值得珍爱和敬仰的。

老鼠第三个特点，我没有弄错的话，它们共有四条腿，每条腿有一个爪子，每个爪子有五个指头，只不过前爪的一个指头非常不起眼，所以看上去只有四个。在许多漫画作品中，老鼠的形象都是四个指头，有人解释是艺术表现手法使然，如果真是一种艺术，这种生活艺术，创造者并非画家，而是老鼠。包括老鼠在内，很多动物的脚指头是不尽相同的，这是为了便于活动，尤其为了加速奔跑，天长日久某些指头就退化了，比如马，老祖先有三个指头，为了便于奔跑，而不是抓取和攀缘，就演变成了一个指头。老鼠之所以可以飞檐走壁，不仅在树上和电线上快速奔跑，还在垂直于地面的墙壁上爬行，不是从人类这里偷学了什么轻功，而是和它的爪子有关系。它的爪子可以任意弯曲，而且指甲特别尖锐，像一个个大铁耙子，能紧紧地抠住被抓住的东西，即使不小心失手了，从十五米高的地方摔下去，它们也是会安然无恙的。

记得小时候，邻居家盖房子上梁，我哥问人家要烟抽，人家说抽烟可以，除非你顺着山墙爬上来。我哥说，那我们打赌吧，赌你手上的一包烟。我爸撵过来阻止，说你这小王八蛋，你以为自己长翅膀了啊！但是我哥已经爬到一半,向上容易,向下难。老光棍被吓得够呛,说你别爬了,我认输了行吗?看热闹的人也捏了一把汗,说你别松手啊,我们在下边垫些玉米秆吧,不然摔下来半条命就没有了。但是已经来不及了,我哥已经爬上去了,若无其事地坐在墙头抽烟呢。当时,大家都抽烟叶子,卷烟非常稀少,牌子叫羊群,一包一毛钱,相当于现在的半条子中华。我哥赢的那包羊群烟,他仅仅抽了一根,剩下的放在箱子里,直到自己订婚的时候,才拿出来给大家散掉了。那次打赌以后,大家遇到我哥,就会主动给他敬烟。这恐怕是我哥一辈子最威风的一次,我问他当时怕不怕,他呵呵一笑,说有什么好怕的,我有武功呀。村子里放过武打电影《少林寺》以后,好多孩子都有一个武术梦,我哥也跟着练过几年轻功,自己缝了两个布袋子,里边装着沙子,然后绑在两条小腿上,除了每天跑几公里以外,上山砍柴,下地种庄稼,都不会解下来。我心想,我哥的轻功可能练成了,大家也都是这么传的。我整天求我哥教我轻功,我哥被缠得受不了,就伸出双手偷偷地告诉我,他喜欢留着长指甲,老鼠为什么能爬墙,秘密就在指甲上,他那次爬墙的时候,把指甲都抠断了。从此开始,我也留过几年长指甲,虽然不是为了爬墙,起码让我又粗又短的手看上去显得修长了好多。

有一个女同学委婉地提醒我，说指甲长得这么长，看着不舒服。我猜测，我想牵她手，被她拒绝，应该和指甲有关系，所以我心一横，剪掉了。

老鼠和人一样，趾甲也是藏污纳垢的地方，我们试着像人一样，帮老鼠剪一下趾甲，立即就废掉了它们的武功，它们行动起来连兔子都不如，所以在下一个世界里，即使老鼠成为主宰，也永远不会形成人类的习惯，每隔几天就去剪一次趾甲，但是美甲店也许会出现的，它们一旦把自己的爪子涂上指甲油，绘出各种各样漂亮的彩色图案，再神出鬼没的时候，会不会像一场场化装舞会或者杂技表演呢？另外，老鼠还是游泳高手，这和它的爪子也有关系。人类生存的威胁有两项，一是水，二是火，旱涝灾害给黎民百姓制造过无数的苦难，但是老鼠化解这两种灾害的能力非常强，尤其能识水性，可以在水下闭气三分钟，能连续踩水三天三夜，而且天生像一条小船，前脚为桨，后脚为舵，不会迷失方向地横跨许多沼泽湖泊。我们试着想一想，在远古的洪荒时代，或者未来某一天海水上涨，地球被慢慢地淹没，最后能够生存下来的，不是我这样的旱鸭子，应该是这些不起眼的老鼠。

我一直在推荐老鼠作为世界的下一个主宰者，相信很多人会嘲笑我，治理这个世界不仅仅是活着，还应该具备一定的智慧。其实，我们不要太得意了，科学测试发现，老鼠的智商超乎想象，和人类是不相上下的。人类的优越感来自于文明，包括语言文字、使用工具和思想，老鼠其实已经具备了一部分，假以亿万年的话，它们照样会逐步得到完善的。

首先是语言。语言的存在是为了交流，老鼠能够彼此通报消息，化解族群之间的矛盾而和平共处，应该已经拥有自己独特的交流方式，只是我们听不懂它们的语言，就像它们听不懂我们的语言一样。其次是文字。文字是一种记录工具，根据对一些人类遗迹的研究，在两亿年前的旧石器时代，许多象形与抽象符号已经具备了古老文字的要素，如果让老鼠继续自由进化两亿年，谁能保证不会出现它们自己的"文字"呢？说不定，它们用脚印或者气味写出了许许多多的符号，有些记录着它们的生活轨迹，有些记录着它们的想法，比如"某某地方危险，请勿前往"，"某某食品有毒，请谨慎食用"，"某某征运粮草多少，储备于某处"，只是我们无法破解而已。第三是思想。根据观察可以发现，老鼠的表情非常丰富，在很多方面和人类相似，比如痛苦、求饶、高兴、得意，等等，说明它们也有喜怒哀乐，说不定也有梦想和人生目标，它们的梦想是吃炒熟的玉米花，目标是在背风向阳的地方打一个几米深的隧道，没有人类那么想得高远。老鼠也许会想，人类又是飞天啊，又是登月啊，月亮上连空气和水都没有，为什么不好好治理一下大沙漠呢？这些不都是老鼠的处世哲学和思想光芒吗？第四是劳动工具。我忽然发现只有人类发明了各种各样的劳动工具，种庄稼有了锄头、镰刀、斧子，捕鱼有了钩和网，交通有了车和船，保暖有了衣服鞋帽，做饭有了锅碗瓢盆，信息传播有了手机和互联网，以至于为了保护自己和征服别人，还发明了十八般武器，开始是刀弓剑戈，后来是长枪大炮，如今是原子弹……其他所有的动物，它们的工具和武器都是自己身体的一部分，比如老虎的牙齿，狐狸的尾巴，蜥蜴的颜色，还有老鼠的爪子，只有人类千方百计利用不属于自己的东西，充分说明人类和其他动物的战争都是不公平的。如果老鼠当道的话，它们起码不会发明武器，因为它们没有那么多的欲望，世界如此大，很容易就能得到满足。

繁殖力有时候就是生命力，从这一角度来说，我们还得给老鼠加分。因为老鼠繁殖力非常强，生长到两三个月就可以怀孕，怀孕二十一天就可以生育，一年可以生六至八胎，每胎可以生五至十只。而且它们是哺乳动物，属于纯母乳喂养。可惜它们寿命不长，最多能活三年，这恐怕和它们熬夜呀、不注意卫生呀、见什么吃什么呀、无休无止地交欢呀等生活习惯有关吧？如果有一天，它们真的称王称霸了，随着生活环境和生活水平的改善，再采取一些节育措施，它们的寿命也许会大幅度提高。人类有一条竞争法则，也许可以给它们以启示：如果想要成为人生的赢家，不仅需要能力，更需要长寿——我可以斗不过你，但是我可以活得比你长！

老鼠和人的基因组相似性非常高，在对三万个基因序列的检测中，发现其中百分之八十相互对应，而且内脏结构很相近，所以老鼠成了我们探索生老病死的殉道者，在各种各样的实验中，百分之九十的实验动物为老鼠。它们作为我们的"替身"，被注入各种各样的癌细胞、毒素和细菌，然后使用各种各样的药物试验，让它们把人类各种各样的疾病都得一次，把痛苦、折磨和绝望从头经历一遍，然后抽血、解剖、化验，以检测各种脏器的病理改变和药物的有效性。

我在学校的第一节解剖课，每个同学领到一只关在笼子里的小老鼠，老师布置的任务是观察它们面对各种情况的反应，比如喂它，辱骂它，吓唬它，欺负它，用注射器扎它……

　　那天天气不错，窗外的鸡冠花开得鲜艳，几只花蝴蝶在翩翩飞舞，温暖的风把明媚的阳光吹了进来。第一步，因为我是喜欢晒太阳的人，所以我把自己的老鼠提到阳光下，但是它似乎已经适应了夜晚的黑暗，无法体会阳光打在身上的那种美妙，反而显得十分不安。开始还有几分倔强地窜来窜去，大概晒了十几分钟，它的目光慢慢弯曲了，充满柔情地向我求饶：快点给我找个凉快的地方吧。第二步，我找来半把瓜子撒在笼子里，它的鼻子抽了抽，很明显这是它贪恋的食物，它慢慢地朝着瓜子靠近，然后遭到电击似的扭头就跑，反复试探了几次，虽然没有发现什么危险，但是放光的眼睛瞥了瞥我，似乎说了一声：小样，我才不上当呢。第三步，我不停地骂它，比如胆小如鼠呀，贼眉鼠眼呀，贼头鼠脑呀，鼠目寸光呀，不管怎么骂，骂多大声音，它根本充耳不闻，眼睛眯成一条缝，似乎在藐视我的粗鲁。第四步，我抓住它，刮它的脸，拽它的耳朵，揪它的胡子，向它吐唾沫，使尽了羞辱之能事，原以为它会吓得直哆嗦，哪里会想到人家挺有尊严，不要命地反抗，张开嘴咬我，抬起爪子抓我，竟然在我的右手上留下两条血痕，以至于被同学们看到了，都坏坏地朝着我笑，误以为欲行不

动物解剖
第一节

观察：喂 厚骂 吓唬 欺负
　　　　　　注射 捆扎

鼠

轨的时候被哪个女同学挠的。第五步是规定动作,先给老鼠打针,然后在它的腹部动手术,主要是练练大家的胆量,尤其很多女同学,见到蟑螂都会大呼小叫,更别说在动物身上动刀子了。我逮住它,握住牙签那么粗的针头,不知道应该往哪里扎,想起自己打针时候的疼痛,我是十分怜悯而慌张的。我像医生哄孩子一样一边开导它,一边把针扎进它的屁股,把二十毫升的盐水推进了它的体内。

最后一环,我握着手术刀,始终没有胆量下手,只好可怜巴巴地站在旁边,看着其他同学像个真正的医生一样,剪毛,消毒,切口,止血,缝合,如何一步步地完成"手术"。手术中间,我仔细地观察着它,发现刀子在它的皮肤上划开的时候,它的眼睛扯成一条线,含着冰块一样的尖锐而憎恨的光泽,它的双颊紧紧地绷着,它的耳朵向后支着,胡子一会儿竖起来,一会儿聚成一团……我非常清楚,这就是痛苦的表情。

第一节课结束以前,老师让每个人用一句话总结的时候,有的说老鼠胆子小,有的说老鼠很狡猾,有的说老鼠反应很敏捷,有的说老鼠是个嘴馋的家伙,有的说老鼠身上味道很臭,有的说老鼠很脏,有的说老鼠很可怜,有的说我们很残忍。有几个同学和我的感受差不多,老鼠和人一样也会疼痛。

老师告诉我们，大家的看法都不错，但是必须认识到一点，它们都是生命，是生命就会有痛苦，我们故意让它们生病，给它们吃药，抽它们的血，切它们的肉，这都是在为人类谋取幸福，所以我们要懂得感恩，要懂得尊重生命，在利用它们做实验的时候，要尽量减少它们的痛苦，比如手术前要打麻醉，手术后要进行护理，比如解剖后的动物尸体，不能用来炒菜，要进行特殊处理，有些要进行火化。那天下课以后，我们按照老师的吩咐，对一只只老鼠进行了鉴定，如果"手术"是成功的，就对伤口进行精心包扎，并安排专人照顾它们，直到它们完全恢复健康，再交由实验室的工作人员继续饲养。如果"手术"彻底失败，它们是很难存活下去的，要实行安乐死，办法非常简单，向它们的血管里注射一定量的空气，它们很快会陷入昏迷而死亡。

在实施空气注射的时候，原来的笑闹声没有了，几个女同学的眼泪吧嗒吧嗒地朝下流，惹得整个班的同学都十分悲伤，因此有人提议，它们毕竟是死在我们手中的，是为我们的第一课献出了生命，我们要给它们举行一个小小的葬礼。老师并不反对举行葬礼，但是不允许把尸体带出去掩埋，所以我们空着手，带着对它们的一腔怀念出门了。

从学校后门出去,有一片泡桐树林,林子里夹杂着牵牛花,林子外边是一条蜿蜒的小河。当时天已经彻底黑了,空中有一轮即将圆满的月亮,皎洁的月光洒在大地上,汇聚成一个个银色的湖泊。我们是第一次参加动物的葬礼,所以一切只好按照人的葬礼进行,先在林子中间用石头垒一个祭坛,摘下一把牵牛花放在上边,再从几个同学身上搜腾一点零食当成供品,然后围绕着祭坛一边转圈子一边唱孝歌,最后靠着一棵泡桐树垒起一个衣冠冢,有人拿出小刀子,把泡桐树当成墓碑,在上边刻出了"浩之兄弟之墓","浩之"意即耗子。

每次回母校的时候,我都要去泡桐树林看看,开始几次清晰地看到那几个字随着泡桐树的长大也一起长大了,后来再去看的时候,由于学校扩建,泡桐树林已经不见了,多出一座教学楼耸立在那里,宛如一座丰碑。

我把这个故事讲出来的时候,恐怕少数人一笑了之,多数人会笑话我们太矫情,但是我一点也不觉得好笑,一点也不觉得矫情,相反还觉得他们太肤浅,因为真诚的青春就是用来矫情的,何况还是"鼠为知己者死"。如今在很多城市都为实验动物建立了纪念碑,另外在印度西部有一座庙,里边供奉的不是佛,不是神,也不是人,供奉着的是老鼠，专门给老鼠投食，而且香火十分旺盛。为什么呢？因为当地人一直相信，老鼠可以给他们带来好运。

城市人，尤其是上海人，住在高楼大厦上边，是很少能够见到老鼠的，更难以体会老鼠给人带来的乐趣。有一年电影《精灵鼠小弟》上演，我被孤儿斯图亚特深深地打动，联想到自己在异地他乡无依无靠的生活，多么希望有一只小白鼠，在我孤独的时候能来陪伴我，在我困难的时候能够出手相助。可惜那毕竟是童话世界，上海人是生活在现实中的，他们对于我的想法嗤之以鼻，竟然怀疑地问，上海有老鼠吗？上海是什么地方，怎么可能有老鼠呢？我多么想告诉他们，上海不仅有老鼠，而且老鼠非常大，同样充满了优越感，只是它们并没有因为进入城市，成了城市的老鼠，就忘记自己的祖宗是谁，忘记自己的根本和初衷，去过灯红酒绿、醉生梦死的日子，它们依然在低处安家，在夜晚出没，从不挑食，随遇而安，继续迎接人类的陷阱。

有一年，我们报社经营不善，为了减少租金开支，从高级写字楼搬进了老弄堂。那是一座七层高的砖木结构的老楼，一年四季弥漫着一股霉味，四周又都是石库门老房子，搭着各种各样的棚子，堆着各种各样的杂物。报社是二十四小时上班的，和战场上的偷袭差不多，只能听到小跑的脚步声和噼里啪啦的键盘声，尤其到了半夜三更的时候，大家正专注地写稿发稿呢，经常会听到小女人突然发出一声尖叫，脸色煞白地朝着门外逃窜。我是上白班的，每次听到男同事眉飞色舞地议论那种尖叫声的时候，还以为他们在议论绯闻，比如小女人遭到了办公室黑手。但是很快又有几名陌生人出现在报社，他们说话同样是神神秘秘的，我以为是纪检部门的人调查来了，直到很久以后，在电梯里，我一问，人家才告诉我，他们是杀虫公司的，是报社雇他们来灭鼠的。我说，那你们说话为什么遮遮掩掩的？他们说，老鼠都是顺风耳，我们的话被它们听见了，老鼠药就白投了。我突然明白了，那些小女人之所以发出尖叫声，是因为看到老鼠从她们的裙子底下钻过去了。

也许真是走漏了风声，杀虫公司在很多地方投放了老鼠药，比如墙角呀，窗台呀，墙缝呀，门后呀，根本起不到任何效果，老鼠照样大摇大摆。有一个小女人夸张地说，老鼠竟然坐下来模仿她，她照镜子，它便照镜子，她伸个懒腰，它便伸个懒腰，甚至故意挑逗她，舔舔她的小腿，害得她天天心神不宁。有好几次，上白班的男记者吴某，早晨进办公室的时候，发现自己用来午休的折叠床上污渍斑斑，他怀疑是保安躺在上边留下来的，因为这位保安值夜班的时候经常在上边睡觉。有一天终于忍无可忍，吴某找到保安好言提醒，借他的折叠床可以，深更半夜寂寞了弄出点动静也可以，千万准备好手纸。保安有些糊涂，问吴某什么意思，吴某说，你看看床上边，湿漉漉一片还没有干呢。保安明白了，有些委屈地说，你问问别人吧，我都一把年纪了，子弹还得省着回家用呢。两个人吵了半天，话不投机，就打起来了。我告诉他们，大家别吵了，你们去看看自己的椅子，是不是也像尿床了一样？我估计都是老鼠们干的，它们趁我们下班以后，都在这里闹洞房呢。大家恍然大悟，纷纷出主意想办法，要狠狠地治治老鼠，以泄心头之恨。

我真为自己的叛徒行为后悔，接下来，他们采取了许多花招，还真把老鼠们害惨了。他们首先采用的是粘鼠板，黄色塑料板上边糊着一层强力胶水，像浓痰一样黏糊糊的不舒服，椅子上，桌子下，凡是老鼠喜欢的地方，大大小小的摆放了很多。这种办法效果不是很好，而且给自己带来许多麻烦，有人不小心一脚踩上去，尤其一屁股坐上去，裤子报废是小事，关键回家换裤子的时候，被人看见屁股上粘着一块塑料板，拽吧，拽不下来，坐吧，坐不下去，解释吧，解释不清楚，不解释吧，实在是太尴尬了。粘鼠板摆放了半个月，女人的裙子，男人的鞋子，什么都粘住过，只有老鼠很少上当，唯一的收获是粘住了一只没有毛的小老鼠，估计是刚刚出生的，所以涉世未深，搭上了一条小命，不过也算是以身殉职，给其他的鼠爸鼠妈们敲响了警钟。

后来有一个小聪明，是报社网络部的，他想出了一个损招，买了几只水桶，在水桶上边放一块纸壳子，纸壳子上边铺一张A3的白纸，白纸上边放一把爆米花，就这样连续放了六七天。老鼠们没有进过电影院，从来没有吃过这么好的东西，所以慢慢地放松了警惕，直到有一天，它们往上边一踩，哎哟妈呀，扑通一声，掉进了陷阱。原来人家把纸壳子撤了，仅仅把白纸留着。

那一次，收获不小，活捉了两只老鼠。小聪明不愧是虚拟世界混出来的，他想出了进一步的措施，把两只老鼠绑起来游街示众，以起到威慑作用。他找到两根绳子，分别绑住两只老鼠的腿，为了防止劫狱，晚上把它们扣在水桶里，白天拴在办公室两边，接受同事们各种各样的惩罚。相对善良的同事，有的给它们喂辣椒，有的用手电筒照它们的眼睛，比较狠毒的同事，有的用烟头烫它们的爪子，有的用牙签扎它们的尾巴……这些酷刑都是人类发明的，过去用来对付自己的同胞，如今用来对付老鼠的时候，看了让人心里很不是滋味。根据我的观察，老鼠比人类忠诚，也比人类坚强，它们面对厄运的时候，没有发出一声尖叫，没有一句抱怨和谩骂，而且从它们的眼睛里看不到恐惧，也许它们已经接受了命运的安排。

其实，你说老鼠罪大恶极么，肯定不对；你说老鼠有多可爱么，那也不对。只有换一双眼睛去审视，才可以得到正确的答案。最公平的，莫过于天眼，或者说是佛，在它们看来，有缘聚在同一个世界，每一个生命都是平等的，不存在谁优谁劣，不能以利害于自己作为评判标准，有害的就灭掉它，有利的就养着它，最后这个世界就失衡了。如果老鼠灭绝了，估计猫就不高兴了，如果猫灭绝了，恐怕人又不高兴了，因为猫已经失去天职，改行不逮老鼠了，似乎变成了人类的专宠。

在经受六天五夜的折磨以后，早晨上班的同事揭开水桶一看，有一只老鼠死了，有一只老鼠不见了。有人怀疑是老鼠把它救走的，有人怀疑是我放生的，其实原因并不重要，重要的是有那么几天，整个报社非常安静，其他老鼠的影子果然消失了，小聪明得意地认为老鼠们害怕了，我估计是一种默哀吧？不久以后，还没来得及检验杀一儆百的效果,报社又搬家了,那栋大楼非常气派,共有二十九层,我们在十六、十七层,在新的办公室里,大家再也没有见过老鼠了。我常常站在落地窗前,一边俯视着脚下的一切一边想,是因为它们不喜欢这么没有烟火气息的地方呢,还是因为太高、玻璃幕墙太滑,它们爬不上来呢?

前些天,我问我爸,你晚上孤单不?我爸说,有什么好孤单的,我有人陪着呢。我说,谁呀?你难道给我找了一个后妈?我爸说,是啊,你的后妈有一群一群的,是四个爪子的老鼠。我有时候还真羡慕我爸,他独自一个人住在乡下,虽然留下来的人已经非常稀少了,也不养猪牛狗猫这些畜生了,但是其他的一切都在,美好的记忆都在,青山绿水都在,袅袅的炊烟和蓝蓝的天空都在,见了就烦不见又想的老鼠也在,每当夜深人静的时候,只有它们围在他的身边跑着咬着,把一个家弄出无尽的生气来了。

第四章 羊

羊

我们村子有一个孤寡老人,上无父母,下无儿女,具体大名叫什么已经不记得了,无论大人孩子都叫他"羊娃",直到七八十岁过世,大家给他下葬的时候,问起上一辈人,才知道他姓陈,大名叫陈生有,于是把这名字刻在了墓碑上。

我们年轻人都有些担心,活着几乎没有用过的名字,估计连他自己都觉得生疏,到了阎王爷那里,生死簿会不会对不上号。有人说,只要是他爹妈取的,怎么对不上号?但是在整理他的遗物的时候,翻出他的身份证一看,写的竟然也是"羊娃"。有人问,肯定登记错了,姓杨还差不多,哪有姓羊的呀?有人说,怎么没有?字典里写得清清楚楚,"羊"有一个意思是姓。大家就提议,把墓碑上的名字改过来吧,不然以后烧纸给他,他收不到怎么办?但是大家想来想去,他膝下无儿无女,不仅没有人给他烧纸,也没有人跟着他姓羊,何况方圆几百里,虎娃,狗娃,牛娃,以动物起名字的很多,只有他一个人叫羊娃,又姓羊,看上去就是断了香火的异族,所以墓碑还是不改为好,反正已经到阴间报到过了,而且陈氏是村子里的大户,陈氏后人看到一个"陈"字,念在他也是陈氏一族,顺便给他烧几张纸,也算不太凄凉。

老人们告诉我,羊娃之所以叫羊娃,背后的故事确实挺凄凉的。他们是从河南那边逃过来的,至于什么原因,猜测比较多,一是逃避抓壮丁,二是逃荒要饭,三是犯了案子。有一点可以肯定,羊娃他妈他爸进村的时候,那是一个秋天的夜晚,羊娃还在他妈的肚子里。他们走进村子的时候又累又饿,正好遇到一座庙,于是就歇息了下来。这座庙在村子中心,没有一个出家的,和我们陈氏的祠堂差不多,每家轮流着来掌管里边的香火,解放以后被拆除,建成了大队的办公室和药房,再后来又被改建成了学校,这就是我们村子又叫大庙村的来历。

第二天早晨,大家听到庙里传来婴儿的啼哭声,正奇怪呢,羊娃他爸急急地跑过来求救,说他们是过路的,孩子刚刚出世,但是孩子妈大出血,想找个医生过去看看。那时候非常落后,哪有什么医生啊,等我奶奶跑过去的时候,人已经奄奄一息,半个时辰后就死了。好在当时人都非常善良,帮忙把人埋了埋,再在庙的隔壁搭起一间房子,借给他们一口锅、几把粮食和两床被褥,让他们安顿了下来。

羊娃真是命苦，没有吃过他妈一口奶水，附近又找不到一个奶妈，刚刚出生的一个小毛头，天天以玉米糊糊度日，估计营养不良吧，开始还哇哇大哭，半个月以后哭都哭不动了。在走投无路的时候，他爸借了几块银元去了一趟卢氏，从集市上买回来一只羊，是刚刚产过羊羔的，每到吃饭的时候，就挤半碗羊奶给羊娃喝，这才把羊娃的一条命给捡回来了，而且干脆给他起了一个名字叫羊娃，意思就是羊的娃。

老人们说起这件事，对羊娃他妈是没有任何印象的，每次提起那只羊的时候，倒是记忆深刻地指一指天空，说那是一只白山羊，比白云还白呢。据说，那只羊被养了好多年，每当羊娃问他爸，我妈呢？他爸就指着那只羊说，它就是你妈。羊娃说，人家的妈都是人，我妈为什么是一只羊啊？他爸说，人家吃人奶长大的，你是吃羊奶长大的。

羊娃长到八九岁的时候，农村里发生自然灾害，方圆几十公里都颗粒无收，他爸心想，这只羊已经老了，干脆狠狠心，杀掉算了。刀子磨了半天，都架到羊脖子上了，羊娃扑上去说，你不能杀它。他爸说，它天生就是被杀的，何况它已经老了，我们不杀它也是死。羊娃说，你说过，它是我妈。他爸说，它是羊，怎么会是你妈呢？

羊娃说，反正我是吃它的奶长大的。那只羊又活了一年多，还是病死了。这一次，他爸想剥掉皮吃肉，还是遭到了羊娃的阻止，理由是病死的肉不能吃，羊娃把它埋在他妈的旁边，看上去像同一座坟一样。好多年以后，羊娃上坟的时候，发现坟头有一个大窟窿，里边的羊当时就被人挖走了。

羊娃十几岁的时候，他爸也突然过世了。羊娃估计太孤单了吧，又跑到卢氏买回来两只白山羊，从此当上了放羊娃。当时已经解放好多年了，土地和牲口都收归生产队所有，养牛可以帮生产队犁地，养羊能有什么用处呢？但是大家没有阻止羊娃，觉得他放着的并不是两只羊，而是他爸他妈……羊娃就那样起早贪黑地放羊，把两只羊放成了一群羊，再把一群羊放成了几只羊，像天空的白云飘来了又飘走了，不仅给他自己带来很多快乐，也给整个村子带来了很多生气。

羊娃一辈子没有上过学，也没有成过家，有人笑话他，说你不找女人生个儿子，你们家的香火就断掉了。他指着那些羊说，我怎么没有儿子？它们都是我的儿子。有人更笑话他，说难怪不找媳妇，原来这些羊都是你弄出来的。羊娃一直和羊相依为命，直到老年的时候，得了风湿性关节炎，别说出去放羊了，连出门都很艰难，所以再不放羊了。

　　我小时候跟着羊娃放过羊，从他身上学到了很多放羊的知识。我们那里的山又高又陡，很多地方几乎呈九十度，到处都是悬崖峭壁，其实更合适放羊，因为羊喜欢爬山，哪里越危险，越喜欢往哪里钻。不过，羊跑得也快，把它们往山上一赶，转眼就不见了，隐藏到树林子里还好说，如果溜进了庄稼地，那就太糟糕了。所以，放羊不像放牛那么清闲，晒太阳呀，割草呀，打牌呀，睡觉呀，放羊要非常小心，得时时盯着它们。

　　如果掌握了放羊的秘诀，就非常轻松，也非常好玩，有一种称王称霸的感觉。羊不像牛那么倔强，反应那么迟钝，鞭子再抽总是一股慢腾腾的架势，而且牛和牛之间谁也不尿谁，根本没有办法统一行动。但是羊不一样，它们看似活泼好动，其实非常乖，非常听话，非常合群，有一只领头羊，它朝东，大家就呼啦一声朝东，它朝西，大家就呼啦一声朝西，根本不可能有掉队的，更不可能有背道而驰的。控制一群羊的方法很简单，只需要一把哨子，一个布袋子，装上一把盐，别在裤带上，然后把羊赶上山就行了。等到想让它们集合的时候，或者是下山回家的时候，在山脚下找一条潺潺流动的小河，在河边选择一块越毛糙越好的大石板，把盐袋子解下来，抓一把盐撒在石板上，同时口哨哔哔哔一吹，羊群就会像洪水一样跟着领头羊，哗哗啦啦地从山上扑下来，开始疯狂地舔着石板——因为它们太喜欢吃盐了，尤其喜欢舔着石板的那种感觉。当舌头反复摩擦石板的时候，不仅口水会把石头打湿，而且刺刺啦啦的声响非常富有磁性。舔完石板上的咸味，它们一定会感到口渴，再转向小河喝一喝水，那种咕嘟咕嘟的喝水声痛快极了。吃饱了，喝足了，瘾过了，时间一长，它们会形成习惯，从此听到口哨的声音，也就是下山的冲锋号，有谁还会不听号令呢？

羊娃长期在山上滚打，对方圆几十公里的山山岔岔了如指掌，哪里有天麻茯苓生长，哪里有五灵脂可以采，哪里有獐子野猪出没，他都是清清楚楚的，由此，他发现了好多神秘的东西。

第一，他是唯一认识小药的人。后来才知道，小药就是冬虫夏草，和人参、鹿茸一样名贵。某一年夏天，羊娃生病，我帮忙给他放了几天羊。估计为了感谢我吧，有一天天气不错，吃过早饭，他让我拿上黄鹂啄，这是专门用来采药的工具，神神秘秘地带着我爬上了村子里最高的一座山。他指着一种没有叶片的小草，它的根挖出来像蚕宝宝一样,告诉我那就是小药。也许遇到神奇的东西需要缘分,那天他采到一小把,而我没有采到一株。后来,我独自上山转了很多次,再没有看到小药,沮丧地问起原因,羊娃安慰我,说和我没有什么关系,是因为山林被砍光了,环境被破坏了,小药多灵醒呀,当然长不出来了。

第二,他发现了野猪窝。那是青黄不接的腊月,村子里下了很大很大的雪,这是打猎的好时候,但是大家背着猎枪连续搜腾了好几天,连野猪的影子也没有看见。有人怀疑野猪是不是被饿死了。羊娃却说,它们在窝里睡觉。有人就问,你胡扯的吧,野猪又不懒。羊娃说,我亲眼看见的,它们在九龙山上边的石洞里。九龙山因为像游龙而得名,半山腰的树林子中有一个石洞,不大,但是十分幽深,上边经常有老鹰盘旋,所以平常没有人敢靠近。羊娃这话说完的第二天,他蹲在门口吃早饭呢,抬头一看,九龙山上浓烟滚滚,许多人嘻嘻哈哈地扛着麦草朝山上跑。我当时也夹杂在当中,羊娃叫住我,问山林是不是起火了。我告诉他,大家找到了野猪窝,正堵住野猪窝用麦草熏野猪呢。大概熏了一袋烟工夫,果然从石洞里醉醉醺醺地窜出来一头小野猪,被围在四周的人举着棍子活活打死了。大家把野猪从山上抬回来,请杀猪佬帮忙分掉的时候，羊娃没有去看热闹，也没有分到野猪肉，而且念叨了很长时间，说自己嘴多，一句话害死了一头小野猪。

第三，他从山上捡到了几串麻钱。据说有几千枚，十几斤重，有些已经腐烂，有些锈成了铁疙瘩，大部分还是完好的。大家唏嘘不已，说那么多的钱，可惜改朝换代，已经花不出去了，不然羊娃就成大富翁了，起码可以娶好几个媳妇，不至于打了光棍，过得这么凄惨。大家问羊娃，麻钱是在哪里发现的，羊娃吸取上次关于野猪窝的教训，朝着门前的大山翘了翘下巴，只说是压在一块大石板下边，到底什么样的石板，石板在哪里，多一点也不愿意吐露。村子里的人没有文物概念，不知道这些作废的麻钱，比真正的人民币还有价值。我已经去外地上学，知道麻钱是很值得收藏的东西，可惜去问羊娃的时候已经晚了，被一个药材贩子以两百块钱收走，连一枚也没有留下来。直到现在，好多年轻人和我一样都养成了一个习惯，回家帮忙种地的时候，都尽量朝地下挖得深一些，或者上山干活的时候，遇到比较奇特的石头，都喜欢翻开看一看。大家总觉得会一不小心，哇，发现一串麻钱什么的，甚至价值连城的东西，这绝对是有可能的，因为关于麻钱的来历，有人说是土匪留下的，有人说是官兵留下的，最后猜测来猜测去，大家一致认为，还是我们自己的老先人藏起来的。我们村子又穷又偏僻，但是有深厚的历史，原来不仅有庙，还有一座七层佛塔，能建佛塔的地方，肯定是不简单的，而且我们种地的时候，经常从地下挖出一些东西，比如一些青砖呀，一些瓷片呀。有一次，我还挖出一把剑，只不过已经化成了一把铁锈。

羊娃生前最后一次发现的是一个溶洞，在我家门前那座山的背面，因为隐藏在草丛之中，大家平时经过的时候没有注意。他有一次放羊，有一只羊不见了，顺着咩咩的叫声一扒拉，发现一个洞口，直径一米左右，里边深不见底。他回家拿来一把手电筒，又搬了一把梯子，顺着梯子爬进了洞里。妈呀，他一下子傻了，他没有见过皇宫，也没有见过雕塑，但是被眼前的画面镇住了——溶洞里一片雪白，石花，石树，石人，石兽，石鸟，石柱，形态万千，栩栩如生，有的地方几十米高，有的地方可以侧身而过，而且延绵不绝，根本不知道尽头。

村子里发现溶洞的消息不胫而走，方圆几百里的人都纷纷跑来看，据说那两年村子里非常热闹。我看到溶洞的时候，已经是两年以后了，是由一帮小孩子领着爬进去的。当时梯子已经撤了，洞口搭着一根木头，顺着木头溜下去，是一个两百平方米左右的大厅，天花板上有一块巨大的钟乳石，像一只蟾蜍一样张着嘴巴，再往里走有一个七八十平方米的大厅，四周都是合抱粗的柱子，中间砌着一个祭台，上边摆着一尊佛像，前边摆着许多香烛。我听孩子们说，这是羊娃自己建起来的，其他人对其灵验性表示怀疑，所以从来没有人烧过香。

从溶洞里出来，我非常失望，不是不美，而是破坏非常严重，稍微漂亮一点的钟乳石，被砸的砸，锯的锯，都让前来参观的城里人弄走了，以至于好多年以后，我在许多朋友那里，看到他们摆着钟乳石，有的镇宅，有的装饰办公室，我一问，果然来自我们村子。如今，溶洞已经被封起来了，慢慢被人忘记了，钟乳石不是一天两天能长出来的，要恢复原来的样子起码需要等待几百年、几千年吧？到那时候，再被人发现，进去一看，天啊，鬼斧神工，有佛堂佛像，人们就有了敬畏之心，不仅不敢乱动，估计还会下跪磕头。

羊娃的一生最威风的时候，是放羊从山上滚下来，摔断了左腿。当时全社会都在"农业学大寨"，因为羊娃的成分好，是贫农，于是被树立成了英雄一般的人物，他的故事被学校老师画在了大队的办公室里。我看到过那些画，三间大瓦房里的石灰墙好几丈高呢，像壁画一样全都画着羊娃高大的形象，说他为了保护集体财产，不顾个人的生命安全。在一个大雨倾盆的日子，他的羊滑下了悬崖，他挺身而出，站在悬崖下边，接住了一只又一只，羊全部得救了。对于这段经历，羊娃总是笑着说，全都是假的，羊多厉害呀，要救也是它们救我，我怎么可能救它们呢？

羊娃最值得敬重的，是有人过世的时候，都叫他去入殓。村子里有一种习俗，入殓由无后的人来承担，说法是为上辈子还债，为下辈子积德，以求来生多子多福。羊娃自己也不清楚自己送走过多少人，反正老的少的男的女的，给他们洗脸，刮胡子，梳头，穿老衣，不管每个人的死法是什么，都让他们死得非常体面，比活着的时候还要干净。村子里有一个叫彪子的愣头青，觉得经常和死人打交道的人，晦气，不干净，不让羊娃从他家门前经过。羊娃不在乎，去河里挑水呀，上山背柴呀，下地种庄稼呀，都绕上一大圈。有一次，突然下大雨，羊娃钻到彪子家的房檐下躲雨，彪子拿着棍子就打。羊娃说，你打人干什么？彪子说，我不打人，我打鬼，你再靠近我家，我把鬼的腿打断。羊娃说，你不要把事情做绝了。半年以后，彪子去河南灵宝开金矿，半夜遇到土匪，为保护刚刚碾出来的金子，被人开枪活活打死了，尸体被抬回家的时候已经发臭。加上原本又是冤家，大家心想，羊娃肯定不会给他入殓的，谁知道羊娃主动跑过去说，人家害怕我是应该的，不害怕我才有问题，何况欺负我的是活人，我面对的是死人。

轮到羊娃过世的时候，找不到人帮忙入殓，最后叫来一个傻子。那傻子我认识，论辈分，我要叫他叔叔，每次回家在路上遇到他，他对我都非常友善，拉着我的手不停地说话，虽然说了什么半句也听不清楚，但是我都要静静地听下去，直到他说完了为止。我真担心，这位叔叔过世的时候，谁来给他入殓呢？

言归正传，接着好好说羊吧。

羊是非常古老的一种动物，也是具有宗教意味的一种动物。你查查词典就明白，羊的字义有三层：一是哺乳动物，反刍类，一般头上有一对角，分山羊、绵羊、羚羊等多种；二是姓；三是同"祥"，是"祥"的通假字。从最后一条可以看出，在古代，羊，祥也，故吉礼用之。什么是吉礼呢？就是祭祀天地鬼神的信仰活动。某一个生肖羊年，有一座寺庙的法师寄了几张福帖给我，是曙提大和尚亲书的，红纸上写着"吉羊"二字，尤其"羊"字写得非常艺术，整体像人民币的符号"￥"，上边两点像羊的两只角,不知道的,以为世俗,耍小聪明,如果知道"吉羊"乃"吉祥"以后,就佩服人家学养修行之深了。

其实,许多由"羊"组成的字,都有着非常美好的寓意。比如,善,本义是像羊一样说话,那么羊到底是怎么"说话"的呢?咩咩咩,非常嗲,非常温柔,非常纯净,从舌尖滑出来,像弹琴时候的颤音,猛然听上去非常像婴儿对妈妈的呼唤;美,与善同义,从羊从大,有人作注为"羊大则肥美",大概一切美,追究下去,都有羊的影子。"羊"字族汉字还有详、翔、徉、养、洋、羞、群、鲜、羡,等等,既包括天上飞的,也包括水里游的,可见"羊"是一个非常普遍的存在。

羊最值得人类借鉴的是它的性情,驯顺,温暖,善良,慈祥,吉祥,纯净,乖巧,团结,生活朴素,以草度日。在六畜之中,鸡被惹急了会啄你,猪和狗不认识会咬你,牛和马不高兴了会踢你,羊从来不害别人,也没有什么敌人,似乎任何美好的词都和羊有关。而且它是最成功的公益广告形象大使,或者叫行为艺术家,《增广贤文》中记载,"羊有跪乳之恩,鸦有反哺之义",意思是动物都有感恩之心,何况我们人呢,更应该懂得孝顺父母。虽然从科学的角度讲,羊妈妈比较矮,乳房又在肚子下边,羊娃子不跪着是吃不成奶的,但是自然界万事万物的生存本身就是一种哲学，羊用它的肢体语言给了人类巨大的暗示和影响，所以我们的身体里住着无数的羊，我们的人性里具有美好的羊性。

可以说，羊的全身都是宝。羊粪像豆子，天然就是颗粒状的，是农家肥里最好的；羊皮可以制作沙发、皮包、手套、大衣、皮鞋；羊毛可以加工成各种各样的纺织品，比如羊毛衫、围巾和毯子；羊肉性温，味甘，入脾肾经，有益气补虚、温中暖下的功效，故有"羊为膳主"一说。我是陕西人，最喜欢的自然是羊肉泡馍了，每隔一段时间不吃一碗，和吸烟成瘾一样，心里甚至浑身都是极不舒服的；羊血性平，味咸，入脾经，有活血、补血、上血化瘀的功效，所以不仅是美食，更是一味中药，可以解野菜中毒，制作成羊血炭的话，遇到受了外伤，研末敷在伤口上，再用纱布包扎，止血效果绝佳。还有，如果以为羊胆百无一用，那就错了，它也是一味重要的中药，有清火、明目、解毒的功效，能治青盲、翳障、肺痨吐血、喉头红肿、黄疸、便秘等，常见的是治疗肺结核，有液剂、丸剂及胶囊等不同类型。最后是羊角，感觉不痛不痒，像羊的顶戴花翎，纯粹就是装饰品，但是用羊角制作成的梳子，由于质地细腻、色泽温润、肤感凉滑，常常是非常不错的定情信物；如果你的心上人手持一把羊角梳子，无论于清晨还是暮色中，坐在梳妆镜前，梳理梳理头发，自然会想念到你，那种感觉真可谓——缕缕青丝绵绵意，寸寸相思密密梳。

如果让我选一种畜生作为朋友，我肯定毫不犹豫地选择羊。我有时候就在想，如果某一天会遇到一个知音，那肯定是羊，即使不是羊，也可能是羊托生的。

大概二十年前吧，我在小县城工作，同事大多数是农民出身，有种鱼跳龙门的满足感，基本没有什么梦想，如果有梦想，那就是当官，所以大家下班以后，整天不是喝酒就是打牌。我那时候的梦想是当作家，当作家的梦想是去大城市，娶一个城市女人当媳妇。为什么要娶城市女人呢？因为城市女人会穿裙子，穿裙子的女人摇摇摆摆的，像风吹杨柳一样漂亮，而我们村子没有一个穿裙子的，甚至县城穿裙子的都非常少。我非常迷茫的时候，有人点拨我，小河里养不出大鱼，胆子大一点，可以去大城市看看。于是，我背着一床被子，带着一张陕西地图，不顾单位和亲戚的反对，翻过秦岭来到了西安，在一家内部杂志当了一个编辑。

刚开始到西安，真是举目无亲啊，不仅不认识人，连花叫什么花，草叫什么草，都不知道，因此闹出了很多笑话。有一次和三个女编辑吃完羊肉泡馍回来的路上,她们买了一包东西,放在嘴里嚼着,不时地吹出几个泡泡。我傻傻地问了一句,男人能吃吗?她们说,男人不能吃。我估计,这恐怕是女性用品,和卫生巾呀什么的差不多。没有想到,回到单位大半天,几个姑娘哈哈大笑起来,问她们笑什么,她们笑得更加可怕。直到很久以后,我像怀着买安全套的心情,鬼鬼祟祟地买了一包,一看包装说明,人家叫口香糖。我要么真傻,要么太单纯,学习了很久,至今也没有吹出一个泡泡来。

我刚到西安的时候,杂志社在小北门里边的崇新里,出租屋在城墙外边的西北角,是一间巴掌大的阁楼,上下搭着一个梯子,里边有一张桌子和一张床,连一条凳子都没有,更别说水龙头和厕所。周末或者晚上,我是没有任何地方去的,经常喜欢去城墙脚下转转,偶尔也会偷偷地爬到城墙上边,坐下来凄凄切切地吹埙。有一天黄昏,华灯初上的时候,我独自坐在上边呜呜溜溜地吹着吹着,有一种穿越到古长安的孤独感,再想想远在秦岭深处的亲人,禁不住潸然泪下。正在此时,我突然听到咩咩咩的叫声,我以为是蹦蹦车的喇叭声,又以为是叶笛声,再仔细听了听,感觉非常吃惊,这不是久违的羊叫声吗?我赶紧溜下城墙,顺着声音找过去,在不远处的一条巷子里，看到一家羊肉泡馍馆的背后窜出一只羊，泡馍馆的几个伙计一追它，它转身就跑，他们停下来，它就停下来回头盯着他们，然后再迅速向前一冲，虚晃一枪，忽然调头又跑。伙计们拦不住，追不上，建议赶紧报警，如果让它跑了，损失就大了。老板果然拨打了110，等一群警察赶过来的时候，老板央求警察，要活的，千万要活的啊。警察们追赶着羊，围着泡馍馆绕圈子，整条巷子被搞得鸡飞狗跳，看热闹的越来越多，一时间就堵塞了。警察掏出枪说，实在没有办法，只能开枪击毙。老板带着伙计上前阻止，说这是一条命呢，我让你们来是保护它，而不是枪毙它。警察说，它是一条命，但是干扰了公共秩序，而且羊也要保护的话，要吃羊肉从哪里来？你这家泡馍馆卖的难道不是羊肉？说着，一扣扳机，就放了一枪，可惜子弹打偏了，射入了一棵杨树。

我确认，这正是自己曾经放过的白山羊。我不想让这只羊送命，就对着老板和警察说，我放过羊，我来试试吧。

他们同意了。我吩咐老板拿出盐罐子，抓起一大把盐撒在水泥地面上，然后掏出埙，放在嘴唇上，当成哨子哔哔哔地吹起来。不知道是闻到了盐的气息，还是受

羊

到了哨子的召唤，它抖了抖耳朵，转了转眼睛，回过头看了看我，然后低下头开始舔。它舔着舔着，慢慢安静下来，最后像害羞似的，朝着我走了过来。我又吩咐打来半盆清水，羊咕咕嘟嘟地喝完，也许彻底满足了吧，就乖乖地卧下了。老板拿来绳子，轻轻松松地把它拴在店背后的一棵树上。

大家都啧啧称奇，认为之所以能够稳住这只羊，估计是羊喜欢吃盐。但是关键在于我吹的那个东西叫埙，埙是非常远古的一种乐器，声音阴森低沉，民间有一种说法，它是可以用来招魂的，也是容易招鬼的，所以尽量不要在半夜三更吹奏。老板借机宣传说，羊这畜生喜欢听埙，而且能听得懂埙，说明它的身体里含有丰富的音乐细胞，羊肉羊汤为什么是做暖的？因为音乐细胞在起作用。冬天的风很大，前来看热闹的人已经冻得瑟瑟发抖，也不管是不是玩笑，纷纷坐下来点上一碗，咥得大汗淋漓，连连赞叹说，好吃，太好吃了。

老板给我弄来一碗优质羊肉泡馍，再加一盘酱羊肉，表示感谢。我也不客气，放下三十块钱，边吃边问，堂堂的西安城，遍地都是泡馍馆，羊肉是司空见惯的，但是不允许养羊吧？怎么会有活着的白山羊呢？老板告诉我，他老家在秦岭东麓的商洛山区，我们算是乡党，这只羊是他弟弟家养的，刚刚生下来的时候，只有兔子大小，看上去，羊不像羊，鹿不像鹿，狐狸不像狐狸，他觉得十分可爱，就带到了西安。路上坐班车呀，平时喂养呀，大家过问起来，他说是宠物，也就没有人阻拦了。老板开始想，等养大了再杀掉，没有想到城里人非常稀奇，他脑筋一转，干脆拴在店背后，专门作为泡馍馆的活招牌。客人要是问，羊肉新鲜不新鲜？他就会说，都是现杀的，不信你去看看，还有一只活羊。这样一来，泡馍馆的生意好得出奇，有时候要排好长的队。

老板悄悄地说，它还有名字呢。我说，是不是叫小白？老板说，你怎么知道的？你来过我们饭店？我说，我是第一次，因为它长得白，我猜的。老板说，难怪看着眼生。我也不瞒你，养一只活羊，只是做做样子，你看看那些大明星，代理十几种药品的广告，难道他们真得了十几种病不成？明显的，骗人嘛。我说，它已经有两三岁了吧？老板说，是啊，已经养了三年多了，再养一阵子还得杀，不然就老死了，肉都煮不熟了。我说，这你放心，羊的寿命长着呢。老板说，你是不是想要现杀的新鲜羊肉？

我没有再吱声，放心地走了。我自己也糊涂了，真不知道这只叫小白的羊为什么有喜欢吃盐的习惯，难道是天性？难道是从老家赶过来的，它或者它妈曾经在石板上舔过盐？不管有没有这么巧的事情，但是有一点千真万确：它吃盐，喝水，听埙，立即就会安静，就很听我的话，这让我有一种他乡遇故知的感觉。我和小白的境遇确实太相似，都在秦岭山里出生，都是举目无亲，都对城市生活非常陌生，都有一种难以诉说的忧伤。

从那天起，上班下班的时候，我会在城墙下边拽一些草，尽量绕到泡馍馆看看小白，似乎看一眼小白，我的心就踏实了，就安宁了，就不再孤单了。有时候半夜三更，实在是难以成眠，干脆带着埙出门，或坐于城墙之上，或跑到泡馍馆背后，对着小白呜呜溜溜地吹上一阵子。当时城墙比较荒乱，还没有当成景点对外开放，所以城墙内外都显得清清冷冷。每次去泡馍馆，我坐下来吃点东西，然后带着盐和青草，拐到房后喂喂小白。小白像一直在等着我，每次见到我，像老朋友打招呼似的，都会咩咩地叫上几声。我没有亲人在这里出生，也没有亲人埋在这里，哪怕一棵熟悉的松树都很难看到，但是有一只活着的羊生活在身边，我有了一点扎根的感觉，感觉这座城市亲切了许多，孤独的心情一下子有了寄托。

我总是笑眯眯地上班，笑眯眯地下班。女编辑问，你是不是被富婆包养了？我笑着说，被一只羊包养了。

一只羊，虽然只能倾听，不能开口交谈，却不正是知音的本质吗？有些人喜欢石头，就把石头当成知音，整天去把玩打磨，甚至钻进石头里去，难道也要让石头开口说话吗？在几百万人口的城市，人与人之间的关系冷漠复杂，有谁听自己认真地说句话呢？没有，一个也没有！连麻雀，我一靠近，也会叽叽喳喳地逃走的。

腊月中旬，某一天晚上，下了很大很大的雪，积雪非常厚，覆盖住灰色的城墙，像给西安戴上一条雪白雪白的围巾。我不放心，天气非常冷，又采不到草料，小白过得怎么样呢？老板正准备打烊，端着盆子在喂小白，得意地告诉我，你看看，小白挺享福的吧？放在咱们山里，谁舍得喂这么好呀。我说，都是客人吃剩下的。老板说，别嫌弃这些剩饭剩菜，我掺进了饲料，油水好得很，差不多过年似的。这几天，每天五六顿，到底是无心无肺的畜生，哪里知道吃得越多呀，离死的日子越近了。我说，它多可爱呀，你一定要杀吗？老板说，喂畜生不杀干吗？我说，你自己说的，羊也是一条命。老板说，它三岁了，再不杀，就晚了。我说，也有不杀的呀，你看看猫呀狗呀，宠物都是不杀的。老板说，这是羊，有把羊当宠物的吗？我说，你开始不就当宠物养的吗？

其实吧，不管什么东西，你宠着它，它就是宠物。老板说，我们这些大老粗，儿女都养不好，为上学的事情伤透脑筋，哪有心思养宠物呀，而且马上要回家过年了。

老板一离开，我把盆子翻过来扣在地上，非常生气地说，你这傻瓜，能不能少吃一点呀，学学那些大姑娘减减肥吧，不然就活不了几天了。我又吹了一次埙，小白像优秀的倾听者，两只眼睛时而暗淡，时而凄冷，时而激动了还爬起来咩咩地叫上两声，伸出舌头舔一舔我的手。说起来真奇怪，羊一生下来，周身就充满着温暖，羊毛可以织成毛衣，羊皮可以制成皮大衣，羊肉也是做暖的，喝一碗羊汤，再厉害的风也钻不进骨髓里去了。如今，它还用自己的温顺温暖了我的心灵。

老板是生意人，是屠夫，他和羊之间，也存在着某种感情，虽然和我同病相怜的感情不一样，但是让他白白地养着一只羊，其实是强人所难的。如果要留下小白，除非自己掏钱买下来，真的像宠物一样养着它。接下来的几天时间，早午晚三顿饭，我都要跑到泡馍馆去吃，老板奇怪地说，我店里又没有大姑娘，你为什么跑得这么勤？我开玩笑说，你在泡馍里是不是加了大烟壳？我半顿不吃就流哈喇子。老板说，我才不干缺德的事情，而且那东西太贵，咱用不起呀。

腊月二十三那天中午,远远地看见一堆人围着泡馍馆,门口架着一口热气腾腾的大锅。我心想,应该是下大雪,催热了生意。我靠近的时候,发现锅里翻滚的是白开水,再钻进人群一看,小白的嘴巴被塑料胶带封着,四条腿被捆绑着扔在地上。老板蹲在地上磨着一把尖刀。他磨几下,就吐一口唾沫,用手指去试试刀锋。有人问,现杀的羊肉能卖吗?老板说,不卖,我们自己做生意需要羊肉,你还是在店里吃吧,我们有几百年的祖传秘方,再新鲜的羊肉你拿回家,也煮不出这个味道。我挤上前,一把夺下刀,几刀下去,砍断了绳子,撕掉了胶带。松绑的小白并不逃跑,只是咩咩地叫着,像个委屈的孩子。

我说,你想干什么?老板说,杀羊呀。我说,它不是羊。老板笑了,说你以为你来几天,就成你的了?老板上来夺刀,不小心划到我的手,我干脆提起刀又在自己的手背上划了一下,鲜血像一条条蚯蚓流了下来。老板看到血就松手了。我说,我要放掉它,它不是你的。老板说,你真会开玩笑,我从商洛带过来,都养好几年了。我说,你的羊,你叫它几声,它会答应吗?老板说,你以为它是狐狸精啊。我说,你在前边走,它会不会跟着你?老板拿起一根树枝,无论怎么抽打,小白根本不听他的。我掏出埙,一边吹一边朝着巷子外边走,小白则乖乖地跟在我的身后。

　　老板说，按照你的意思，这羊是你的？我说，你觉得呢？老板又开双手拦着，小白一头顶过去，把他掀翻在地。老板赶紧让伙计打电话报警，说是有人抢劫了。警察呼啸而来，以为羊又发疯了，再次掏出枪瞄着，准备射击。老板说，你们一定要管管呀，他要抢劫。警察说，上次就是他，人家这是在帮你，以后再出这种事情，你请他就行了，我们人民警察，人都管不过来，哪有闲工夫管一只宠物呀。警察说完，就收兵了。

　　老板气得发抖，吼叫着跑回店里，拿了一把菜刀，装模作样地冲上来，朝着空中挥来挥去，说既然警察不管，他只好和我拼命。我笑着说，老板，你也别急，它肯定是你的，我只是想买下来。老板说，你买下来干什么？我说，当宠物。老板沉默了半天，无奈地叹着气说，我开了十几年泡馍馆，喜欢吃我们家泡馍的人不计其数，但是第一次碰到你这样的，竟然对一只羊吃出感情来了。你这叫什么？叫包养！人家包养二奶，包养小白脸，你倒好，想包养一只畜生！我说，别那么多废话，你开个价吧。老板说，两千块。我说，你也别狮子大张口，我给你五百块，产权暂时归我，使用权永久归你，你继续养着它，免费当你的活广告。

老板说，真不懂你们文化人的脑子到底怎么长的。我说，你想想，你天天吃羊肉，你身上的哪一块肌肉说不定就是羊的，你嘀嘀嗒嗒的心脏说不定也是羊的，起码有一些温度是羊的，你这辈子说不定是羊托生的，所以你才卖它的肉、熬它的汤。老板说，算了，说不过你，只是过年怎么办？我说，你放心，我来喂吧。老板说，刚刚好，顺便再帮我盯着饭店。

那年春节，我是留在西安过的，主要原因并不是为了小白，而是自己当初离家出走的时候暗暗地发过誓，不混出一点名堂绝不回家，虽然在杂志社当编辑，其实是临时工性质，工资不高，吃饭呀，交房租呀，日常开销呀，样样都要花钱，并没有落下什么积蓄。

大年三十晚上，我买了一串鞭炮、一副对联和三瓶啤酒，在菜市场买了几根胡萝卜和一颗大白菜，先在外边吃了一碗饺子，然后来到泡馍馆，替老板把对联一贴，把鞭炮噼里啪啦地一放，高兴地对着小白说，我们过年啦！

我把大白菜一叶一叶地拆开，把胡萝卜切成片，放在盆子里，然后拉来一条凳子坐下来，一边喝着啤酒一边唠唠叨叨地说，这是你的年夜饭，大白菜和胡萝卜好吃吧？老板整天喂一些汤汤水水的给你，他哪里知道你天生就是吃素的；我是第一次在城市过年，小时候大年三十晚上吃完饭,会挑着灯笼挨家挨户串门子,因为人家会发糖果给我,奶奶的熊,我怎么忘记带盐了,对于你而言,盐就是糖果;我给你五块钱压岁钱吧,你千万不要嫌少,你想想,牛收到过压岁钱吗?猪能拿出五块钱吗?它们身无分文!所以呀,你凭着五块钱就能成为动物世界的首富;我一辈子收到过一次压岁钱,那是小叔给的,两毛钱,我一直舍不得花,在枕头下边压了好多年,等拿出来花的时候,已经买不到半边烧饼;你到西安时间长,想不想咱们商洛老家?反正我挺想家的,想我爸了,想吃糊汤和腊肉了……三瓶啤酒很快见底了,我倒出最后两杯,把一杯递过去说,来,干杯!

天空被绽放的烟花照亮,鞭炮声响成一片,空气中弥漫着硫黄的味道,欢声笑语从一扇扇窗子里传来,大街上行人稀少,偶尔有人擦肩而过,并没有注意我们的存在。我爬起身说,走,我们去逛逛钟楼,你还没有逛过钟楼吧?我牵着它,顺着城墙向东大约走了几公里,看到一座高大的城门,我说,威武吧?这是北门,也叫安远门,前边这条叫北大街,一直向南走,东南西北四条大街交汇形成一个十字架,十字架交叉的地方就是钟楼,感觉钟楼怎么像绑在十字架上的耶稣,你不知道耶稣吧?它和救苦救难的菩萨差不多。你快朝前看,红色的，模模糊糊的，像一块烧红的铁，那就是钟楼，上边有一口钟，两米高，一万多斤重，钟声一响啊，妖魔鬼怪全被吓跑了……我激动地介绍了半天，发现没有任何回应，回过头一看，才回过神来，我牵着的，不是人，而是一只羊，或者就是自己。

天又开始下雪了，雪花片子有些大，像挥动着一只只小手，把远处的灯火，把高楼大厦，把一座城池，慢慢地抹去。我们刚刚来到北大街，小白卧在地上不走了，我也太累了，就坐在街边开始吹埙。这种苍凉的声音和新年的气氛不太协调，雪花似乎不是从天空落下来的，而是被我招来的。有人一边鼓掌一边从巷子里走出来，她披散着头发，穿着一条黑色裙子，外边套着一件蓝色的棉袄。她从我面前经过的时候，停下了脚步，斜靠着电线杆呆呆地看着这边。我不好意思地收起了埙，因为我根本不懂什么曲调，平时都是呜呜溜溜地胡吹。她大概以为我是乞讨的吧，于是走过来，从身上摸出一张纸币放在地上，然后靠着我坐了下来。

我说，你好呀。但是她没有吱声。我说，对不起，我不会吹埙，别笑话我呀。她仍然没有吱声。我说，它是羊，它的名字叫小白。我踢了一脚，小白便咩咩地叫了两声。我说，我们不是要饭的。这时，起风了，那张纸币被吹走了，她一边追一边喊，钱，你的钱，妈呀你快点捡钱呀。远远地听上去，像上坟烧纸一样。

有人嘀咕了一声，疯子，过年呢，也不回家。

我一时有些疑惑，不明白人家指我，还是指刚刚那个女子。

第二年春天，我由于工作失误，惹了很大的麻烦，虽然主编一再安慰我，有什么事情他顶着，但是我害怕连累杂志社，就主动辞职了。我接下来到处投简历，杂志社呀，报社呀，甚至是锅炉房和大浴场，连烧锅炉和搓背的活儿都没有找到，生活很快陷入困境，吃饭几乎都成问题，回商洛老家吧，又不甘心，为了节省开支，只好从出租屋搬出去，寄宿在一个朋友那里。

离开以前，我又去了一次泡馍馆，在小白身边坐了整整一夜，我像和家人告别一样告诉它，那个朋友独自租住在南郊，离西安电影制片厂很近，她是一个漂亮的女人，三十多岁，似乎离婚了，平时喜欢文学，以前给杂志社投稿的时候认识的，我们之间不太熟悉，但是她可怜我，要收留我。之所以说是收留，因为我几乎走投无路，和一个流浪汉差不多，而且她的出租屋非常小，一间房子，十几平方米，只有一张床。我问它，两个人一张床怎么睡呀？它咩咩地说，看样子，你只能睡地板。我说，孤男寡女住在一起，会不会有什么花头？它咩咩地说，你别想得太美，小心人家撸你。我说，到时候，我忍不住怎么办？它瞟了我一眼，有些鄙视地说，人家好心帮你，你可不能伤害人家。我说，如果三个月找不到工作，我只有死路一条。它似乎安慰我说，别着急，你会好起来的。我说，借你吉言，如果找到工作，我就回来看你，请你好好地咥一顿。天亮了，麻雀叽叽喳地叫着，我爬起身拍了拍它的背，等我转过身的时候，真有一种永别的滋味，眼泪刷刷地流了下来。

那天晚上，竟然忘记吹埙了。

那段日子在朋友家，晚上果然睡的是地板，中间没有一道帘子，可以清楚地看到对方起伏的胸脯，清晰地听到对方的呼吸声，加上自己失业，所以总是失眠，感觉漫漫长夜真是太难熬，但是每次想到羊的身影，以及它临别时善意的"提醒"，我就不停地掐自己，让自己保持定力。有那么两天，她偏头痛发作，即使给她按摩的时候，我的手指从耳朵和脖子旁边经过，也没有越过雷池。她笑着问我，身边躺着一个大美女，你难道没有想法吗？我就笑着回答，想法肯定有，不过嘛，我是太监……两个人哈哈一笑，也就过去了。白天相对好过一些，她外出上班的时候，我就买几份报纸，按照上边刊登的招聘启事到处应聘工作，先给一家企业编了几期宣传材料，由于企业不长时间后倒闭了，没有领到一分钱工资，后来在一家行业报纸当了几天实习记者，由于连新闻的几个W都不清楚，半个月没有发表一篇豆腐干，很快就被辞退了。

直到两个月后，看到一则招聘启事，有一家报社招聘编辑记者，月薪一千五至三千，这绝对算是高薪，因为当时机关里的科员工资才五百块钱左右。我忐忑不安地报了名，参加了笔试和面试，最后竟然被录取了！直到报到的时候，我才明白，不是自己本事大，按照姓刘的总编辑的话说，他是看到我倔强的小胡子，加上读到我的几首诗，才录取我的。我被分到了特稿部，相当于报社的特种兵，上班不几天呢，就领到一辆摩托车和一部诺基亚手机，这到底是什么概念呢？起码相当于现在的一部奥迪和十部最新款的苹果手机。

从朋友那里搬出来的时候，我又回到城墙西北角租了房子，不再是阁楼，而是楼房的二层，不仅有亮堂的玻璃窗户，而且厕所设施都是齐全的，床也是席梦思的。我抽了一个周末，牛皮烘烘地骑着摩托车直接飙到了泡馍馆。老板殷勤地问，今天来一碗优质的吧？我说，你又不请客，还是普通的吧。老板说，好久没有消息，你跑哪里发财去了？我得意地按了按摩托车的喇叭，递过去一张名片说，我们这些打工的，混口饭吃吃而已。老板接过名片一看，笑呵呵地说，哎哟妈呀，才几天工夫，你就变成大记者了，我们是真正的商洛乡党，税务呀，卫生呀，城管呀，整天过来找茬，以后有人欺负我，你来给他们曝光。

我停好摩托车向房后走去，老板赶紧跑过来，把五百块钱塞到我的手中。我说，你什么意思？我是记者，又不是黑社会，不用向我交保护费的。老板说，这钱是你买羊的钱，我现在还给你。房后的树下空空的，不见了小白，只放着一个花盆，刚刚长出一把青草。老板说小白被偷走了，小偷是女的，穿着连衣裙，挺漂亮的；伙计说小白挣脱绳子逃跑了，他们追了半天，最后钻进一片林子里，那片林子很大，中间全是羊喜欢吃的青草。另一个伙计说，他们说的都不对，他喂它一盆子豆渣，豆渣是做气的，把小白活活撑死了。我说，你们别骗我了。最后，老板很内疚地告诉我，小白确实死了，不过不是他杀的，是几名城管跑过来杀的，因为周围的居民打电话投诉，说羊拉屎撒尿，污染环境。

我没有问城管是用什么方式杀死小白的，只觉得那天的泡馍特别难以下咽。由于新的工作单位在城墙的西南角，和泡馍馆的方向正好相反，加上整天在外边奔波，采访各种各样的花边新闻，车祸呀，火灾呀，跳楼呀，情杀呀，所以没有时间去泡馍馆那边，也没有心情再爬上城墙吹埙。偶尔从那条巷子附近经过，发现那一片拆迁，早已经物是人非了，只有那只埙一直陪伴着我，每次黑乎乎地看上一眼，似乎就能听到咩咩的叫声从孔眼里飘出来，在轻轻地呼唤着。

第五章 牛

牛

你放过牛吗？如果没有，值得找一个山高水远的地方好好地放一回。

我是幸运的，虽然我妈和我哥早逝，我姐远嫁他乡，我爸整天忙着一家人的生计，但是我的童年并不孤单，还是有陪伴的，那就是牛。我们家最多的时候放过六头牛，最少的时候放过一头牛，其中一头寿命最长，前前后后活了十几年，它有个名字叫小毛。

小毛是个亲热的称呼，本来是我哥的乳名，我哥十九岁去河南淘金，在出车祸的时候，因为救我，来不及逃跑，被车压死了，也许为了怀念我哥吧，不知道从谁开始，把这个名字送给了一头牛，这头牛也就成了我们村子里唯一有名字的牛。从小屁孩子时开始，我就帮助家里放牛，尤其寒假暑假都是在放牛中度过的。可以说这辈子，和我最亲的，就是牛了，所以我的性格里有很多牛的影子。牛喜欢沉默，不像猪那样喜欢哼哼，它只有饿得头晕眼花的时候，才会对着天空哞哞地叫上两声；牛不清高，不像马那样理想远大，心怀远方，有英雄情结；牛很慈祥，不像羊那么嗲，有事没事总喜欢咩咩地叫。如果说有什么不好的话，就是有几分倔强，尤其小牛犊子。估计爱屋及乌吧，我认为这也不算缺点，甚至是优点，有股倔脾气，才有爆发力和忍耐力。人们利用它们天生的这种倔，把它们套在绳子里，帮忙拉犁耕地。

在别人的印象里，放牛很浪漫、很简单、很轻松，有一片绿油油的草地，挂着钻石一样的露水，有一条小河清清亮亮地流过，两岸的野花盛开着，你只需要扬起鞭子，把牛赶到草地上。牛低头吃草的时候，你则可以仰躺在地上，看着蓝天白云，或者是坐在小河边，拿起一支笛子或者是口琴，吹出婉转悠扬的音乐……其实，这是在演电影，实际的讲究很多，也非常辛苦。

首先，我们放牛，不在草原上，而在山里，那里的山十分陡峭，也十分高大，随便一伸脖子，就能把玉皇大帝的凌霄宝殿戳出一个大窟窿，牛多数都爬不上去，所以只能选择一些山谷，而山谷里又全是荆棘，中间穿插着庄稼地，稍微不注意，这帮家伙就会趁机偷吃人家的庄稼。其次，我们放牛，腰里别着的，不是什么乐器，而是镰刀或者斧头，必须趁着那帮家伙海吃海喝的时候，去割草垫牛圈，或者砍柴火。牛不像骡马，可以驮东西，我们割的草砍的柴，在下山的时候必须自己扛回家。

放牛的头一天晚上就得根据天气预报，想好去哪里放牛。选择去哪里放牛是有讲究的，必须考虑最近一段时间，包括别人有没有去过，那里的草有没有长起来，那里有没有柴或者草，而且不能跑得太远，太远进入其他村子的地盘，越过界限人家会追赶的，关键是太远了，天黑回不了家。有一次，我赶着牛，不停地跑啊跑啊，一是想翻过山头看看，二是那里的草非常茂密，没有想到回家晚了，走到半路天就黑了，尤其有一段峡谷，瀑布从天而降，被风一吹，发出呜呜咽咽的声音，像是有人在嘤嘤哭泣。那里传说闹过鬼，有人被剥了皮，挂在悬崖边的大树上，也有人掉进下边的水潭，尸体浮上来的时候变成了一根根白骨。我拖着一捆柴火，真想快点穿过，没有想到牛都吃撑了，无论怎么抽打，它们依然慢慢悠悠的，正走到瀑布下边呢，冲出一只鸟，惨叫了一声，我被吓坏了，哇哇大哭起来，扔下柴火就朝前边跑，正好一头撞进一个人的怀里。

原来是我爸，他打着火把接我来了。我问我爸，你不会是鬼吧？我爸笑着说，你看看我的下巴呀。我发现这个胡子拉碴的人是有下巴的。有下巴就是人，没有下巴就是鬼，这是我们区别人和鬼的办法。从此以后，也许是我长大了，也许是我爸太忙了，或者是我爸已经没有心情了，无论我回家多晚，哪怕我夜不归宿，我爸也再没有接过我一次。

放牛辛苦的地方很多，比如垫牛圈。先要把割回来的草放在铡刀里铡碎，然后挑来土，一层草一层土铺上去。铡草的时候，最好有两个人密切配合，一个添草，一个压铡，配合不密切，就会把手铡伤。夏天的时候，牛圈里需要多铺土，像铺了一床凉席，牛卧在上边特别凉快；冬天的时候，牛圈里需要多铺草，草一沤就会发热，像烧过的炕，牛卧在上边特别暖和。

再比如冬天，大雪封山的时候，牛就放不成了，需要一天喂四次玉米秆。玉米秆都是储备好的，遇到闹饥荒的那几年，有些直接磨成粉，蒸馒头供人吃，这种馒头放在嘴里，不仅干巴巴的，牙齿咬着还打滑，不如直接吃锯末。另外还有一种吃法，是把玉米秆剁碎了，放在大锅里使劲熬，最后把渣子一捞，能熬出半碗糖稀，然后装在罐子里，等到过年的时候，用高粱糍馍蘸着吃，那真是太甜太香了。遇到没有玉米秆的冬天，自然也没有麦麸子、玉米糠，外边的杂草都枯干了，怎么办呢？只好去山上，找一些比较嫩、比较软、比较细的树枝子，割回来喂牛，有些树枝子还挂着冰花，牛却吃得挺香的，会不会以为是冰棍呢？——牛的命真苦，生在我们那个穷地方，一辈子都在帮忙种粮食，却一辈子都没有吃过粮食。

大雪封山，除了喂牛，中间还要饮牛。早晚各一次，找个相对平坦的地方，把河面上的冰盖砸出一个大窟窿，然后把牛牵过去，这时候特别需要当心，如果自己或者牛不小心滑进河里，爬不出来那就惨了，即使爬出来了，瑟瑟发抖之余，被大风一吹，会冻成冰雕。牛喝水的时候低着头，可以一直喝半天，我认真地数过，多则三十几口，少则十几口，它们每喝一口就会"咕嘟"一声，声音特别巨大，在寂静的山谷里，听起来特别过瘾。我特别佩服牛的肚量，人说宰相肚里可撑船，感觉牛的肚子里可以养鲸鱼了，可惜山里别说鲸鱼，就是指头那么长的小鱼也是不多见的。

我最喜欢下雨天放牛。我说的雨，不是夏天的暴雨，夏天下的基本是雷阵雨，几个霹雳以后，雨说来就来了，常常被浇得落汤鸡一样，多数时候还伴随着冰雹。老天爷的拳头比我爸狠多了，噼里啪啦地砸在身上，会把人打得鼻青脸肿，而且把人冻得直打哆嗦，即使如此，也不能回家，因为天很快就晴了，一切还得继续。我说的雨，自然是春秋两季的小雨，小雨点子密密麻麻的，和弥漫的炊烟搅和在一起，如雾如纱，似有似无，落在草木之间，会发出沙沙的声音,总感觉有仙女下凡似的。在小雨中放牛,不用割草,也不用砍柴火,不用防止滑坡,还不用上山,基本就在村子外边的河滩。路都是沿着小河而修的,牛在河滩吃草,我就披着蓑衣,站在路上唱歌。我其实不会唱歌,只是乱哼哼而已,词是自己改编的,套了孝歌的曲调。我唱得最多的是《天仙配》,希望遇到一个下凡的仙女,与我一起放牛割草;后来就成了对我妈的呼唤,认为我妈那么好的人,肯定已经转世成仙了,如果她成仙了,就赶紧把我带走吧。

放牛最害怕的,是把牛弄丢了。我丢过几次牛,不过很快就找到了,无非是有些老牛吃饱了喝足了,卧在避风的地方眯着眼睛晒太阳,晒着晒着就睡着了——牛应该也会做梦,不知道在它们的梦里除了肥美的水草,有没有星星和放它们的人,或者常常做好梦吧,就把伙伴们全都忘记了;还有小牛犊子,它们比较贪吃,闷着头朝前跑,茫茫无际的大山呢,不小心就跑远了,迷路了。

我爸丢过一次牛,那头牛很健壮,长着一对犄角,尖锐地指向天空,下巴朝后倔强地钩着,呼吸声也特别大,像正在踩油门的小汽车,浑身透着一股气,"牛气冲天"。我爸非常喜欢这头牛,就号召全家人一起上山,但是满山遍野搜寻了一个晚上,也没有发现它的下落。

直到第二天，从另外一个村子捎话来了，说这头牛被扣押了，糟蹋了人家几分地的玉米。我爸带着半斗粮食把它赎回来的时候，我们以为他会狠狠地抽它一顿，没有想到我爸心疼地摸着它，像面对走丢的孩子一样。我姐很生气，说咱爸对一头牛比对儿女还好。我爸却笑着说，它可以给我耕地，你们能帮我干什么？而且你们要吃饭，它吃过一口饭吗？

放牛，也并非全是痛苦，其中的乐趣挺多的。春天、夏天、秋天放牛，可以摘果子吃，山上果子很多，什么牛奶泡，什么叉八果，什么八月炸，都是自己起的名字，野洋桃，野杏子，野栗子，五味子，那就更不用说了。虽然当年没有任何水果吃，但是这些野果子提供了另一种味道，酸酸的，甜甜的，甚至有些涩涩的，至今还保存在记忆里，成为天下最美味的食物，无论什么山珍海味都抹不去它们在我心中的地位。我有一阵子，在山坡上挖个洞，把核桃埋在洞里，上边压一块石头作为记号，想留到冬天；可是等到冬天，在暖乎乎的太阳下边，把那个洞挖开的时候，核桃不见了，而且不留任何痕迹，我猜是被松鼠们偷走了。

牛每年春天都要换毛，用手轻轻一梳，就是一大把。

缝一个圆形的布袋子，把牛毛收集起来，装进去，就成了一个球。这种球没有弹性，不能当成皮球来拍，但是可以当成戏谑的玩具，专门朝人脸上扔，扔在人的脸上没有任何杀伤力，弱弱的，痒痒的，非常好玩。牛毛收集起来，最好是缝成鞋垫子，有这么一双垫在脚下，脚底下就像生了一个小火炉子，冬天就不怕冷了，而且脚后跟不会开裂子，不会生冻疮。

牛身上容易生牛虱，有蓖麻籽那么大，里边全是牛血，把它们摘下来，放在地上用脚一踩，会听到啪啪的响声，不一会儿就会招来一群蚂蚁，像在享受饕餮盛宴一样，高兴地跳着舞。夏天的时候，牛虻也特别多，它们不像苍蝇，倒像是小蜜蜂，嗡嗡地叫着，趁着它们不注意，使劲地在牛身上来一巴掌，不仅会令它们灰飞烟灭，还把牛吓得一哆嗦，以为做错了什么被扇了一耳光。每次看到这一幕，我都会哈哈大笑，十分开心。

有一次在电影里，看到人家骑着马在潇洒地奔跑，而且骑马的，要么是英雄，要么是情侣，我就特别羡慕，问大人为什么不养马，大人说，养马有什么用？其实大人也不知道我们那里为什么不养马。直到很久很久以后，我才搞明白，马只能养在开阔的地方，比如草原呀，平原呀，我们那里的路呈五六十度倾斜，甚至都呈九十度竖起来了,而且又那么狭窄,马根本迈不开步子。

我受到启发,自己加工了一根缰绳,套在牛的脖子上,然后骑了上去。但是牛拉犁可以,驮东西不行,人往它的背上一坐,它就走不动路了,尤其不听使唤,你想往左,它偏偏向右,你想停下来,它偏偏继续朝前走。而且牛太高了,我们没有飞身一跃的功夫,所以每次骑上去就下不来。有一次非常惨,我正朝一头公牛背上爬呢,估计以为遭到了侵犯吧,它突然发飙了,身子使劲一扭,把我摔在地上,我刚刚站起来呢,它回过头又冲了过来,一犄角,把我的屁股捅出一个窟窿。我爸就骂我,说马天生就是被骑的,而牛呢,别以为人家憨厚,要骑到人家背上,活该人家要撞你。

村子里还没有磨面机和粉碎机的时候,玉米和麦子都靠石磨子。我们家有一台石磨子,原来半尺厚呢,经年累月地转呀转呀,已经被岁月磨成了薄片。我最不喜欢干的,就是推磨子了,按说这活也不重,不过转转圈子而已,但是转着转着就头痛,和晕车的感觉一样,开始恶心呕吐,有时候眼冒火花。有一个小伙伴,也许从小人书上看到的,驴被蒙住眼睛就可以推磨子,于是建议我,可以套上牛。我很高兴,就照着做了。虽然都是畜生,差别挺大的,牛只会走直路,不太会绕弯子,可能与它的直脾气有关吧。我用一根绳子，把它系在我姐的身上，但是半斗玉米还没有磨好，牛咕咚一声，一头栽倒在地上，而且嘴里吐着白沫。这可把我爸吓了一跳，赶紧请来兽医一看，原来这家伙和我一样，转圈子晕倒了。

有一年冬天，我从学校回到家，家里的大门锁着，我坐在门枕上等啊等啊，越等越害怕，越等越冷，就爬起来满村子跑。每跑一步，后边都似乎有人跟着，那些树木和庄稼都使劲地摇晃，像张牙舞爪的魔鬼，我实在恐惧到了极点的时候，突然听到牛哞哞地叫了两声。我赶紧跑到牛圈，爬在牛身上待了那么一夜。那真是漫长的一夜，牛不停地反刍着，那巨大的有力的声音，似乎在给我壮胆，又似乎在安慰我"兄弟别怕"。我则告诉它，小叔家晒在院子里的天麻不见了，害得两家人打过一架，那绝对不是我偷的；我还告诉它，邻居家刚刚壮浆的玉米棒子被人掰了两根，那确实是我偷的，因为太饿了，嘴又太馋了；我又告诉它，我喜欢舅舅家的表妹，她穿着花格子衬衣，从路上走过的时候真是漂亮极了，她的马尾巴辫子总扫在我的脸上，把人逗得痒痒的……

天终于亮了，外边麻雀叽叽喳喳地叫了起来。我有些不好意思，拍了拍牛的肩膀，大喊一声——起床！牛一骨碌爬起来。我说，你原来长着耳朵啊！我昨天晚上说出来的话都是瞎编的，你千万不要告诉别人。说完这些，我忽然发现，牛不是聋子，我说出来的话它是听得见的，但它是一个哑巴，哑巴天生就是一个非常不错的倾诉伙伴。所以从那天起，只要和牛在一起，我就学会了和它聊天，我把对大人的不满，把自己内心的想法，还有自己得意的事情和做错的事情，统统都说出来了。比如考试得了满分啊，比如尿床了啊，比如我妈应该变成了神仙，她为什么不通知我啊，无论我说什么，它的大耳朵都会呼扇着，它的眼睛里总是湿润的，它的嘴巴总在无言中慢慢地反刍着茫茫的人生。

我见过一次小牛犊子出生，牛妈正好就是小毛。小毛原来是生产队的，土地承包到户以后，就分给了我们家。小毛很听话，不使性子，也不偷懒，真正是头孺子牛，关键是每隔几年就会怀孕，自从被我哥"灵魂附体"以后，我爸就更加疼爱它了。所以，即使小毛老了，都没有办法耕地了，稍微高点的山都爬不动了，我爸依然好好地养着它，有点养老送终的意思。

我舅舅开始是猎人，他不仅会自制猎枪，而且是神枪手，有鸟从空中飞，他端起枪，瞄都不用瞄，"砰"

牛

的一枪，基本百发百中，更别说地上跑的了。舅舅事后告诉我一个秘密，不是他的枪法准，而是他的枪里装着散弹，一枪打响，几十颗小滚珠射出去，目标面积有几平方米，哪有不准的道理？当时，兔子，野猪，猪獾子，舅舅家除了一年四季有肉吃，他家墙上还钉满了动物的皮毛，他冬天围着一条围巾，金黄色的，光滑，柔软，暖和，就是一整张黄鼠狼的皮。后来，好多动物都被保护了起来，枪都被没收了，不允许打猎了，舅舅也就改行了，成了专门的牛贩子。原来村子里牛非常多，大多数人家都有，后来一头头消失了，都是被舅舅收走的。我曾经问过舅舅，他把牛贩卖到什么地方去了，舅舅呵呵一笑，并没有回答我，再问我爸，也是一样，并不回答我，像一个秘密似的。直到我们的小毛，也被舅舅带走了，我才明白了，大部分人心善，根本不忍心杀牛，有时候牛老了，从坡上滚下来摔死了，大家都不忍心吃肉。所以，牛一旦老了，干脆就卖给舅舅算了，再通过舅舅的手赶到县城，有些直接卖给屠宰场，有些舅舅自己杀掉，把肉卖给了饭店。反正不是死在自己手中，也不是死在自己面前，所以心里也就坦然了。

舅舅前后缠着我爸好几年，他总说，你是我姐夫呢，我也是为你好，你看看都皮包骨头了，再不赶紧卖掉的话就不值钱了，万一病死了，就更吃亏了。我爸总说，它又不是牛，我怎么可以卖呢？舅舅说，不是牛是什么？我爸说，它叫小毛，小毛是我儿子，我好好留着它，也许还可以生儿子。舅舅说，我和你打赌，它要能生儿子，我就送你十斤牛肉。我那时候已经上中学了，放牛的事情全部落在我爸头上，他春天采商芝喂它，夏天采映山红喂它，秋天采草籽喂它，过年家里挤豆腐，浆水应该洗被褥的，我爸死活舍不得，全部装在一口大缸里，每天舀出半盆子用来喂牛。也许是我爸照顾得好吧，加上一有空闲时间，我就朝着天空念念叨叨，希望变成神仙的我妈能够保佑保佑，第二年夏天，小毛果真怀孕了，又过了两百八十多天，小牛就出生了。

小牛是在初春时节出生的，天气依然有一些寒冷，小草才刚刚返青，有些地方还有薄薄的积雪。那天是一个周末，我爸早早地起来，在牛圈里铺上麦草，软绵绵的像土炕一样。我爸给牛接生的时候，天已经黑了，我帮忙打着马灯，见证了小牛的出生过程。大概是晚上九点，最先露出来的是半条腿，小毛是一直站着的，痛苦地喘着粗气，偶尔哞哞地叫上两声。我爸非常不安，蹲在旁边不停地抽烟，有时候还走上去，摸摸小毛的头，算是一种鼓励。等了大概半个小时，还没有进一步的动静，小毛也许太累了吧，浑身微微地发抖，最后坚持不住了，两条前腿一软，跪了下去。小毛眼睛里滚出几滴泪水，有豆子那么大，我第一次看到牛的泪水，感觉是饱经沧桑的，浑浊但不肮脏，痛苦但不悲哀，像清清淡淡的面汤。我爸再也忍不住了，害怕拖久了有危险，于是猛吸了几口烟，上前拍了拍小毛，小毛就又坚持着站起来了。我爸挽起袖子，一只手伸进去，在里边摸了摸，把小牛的另一条腿拉了出来。我爸双手握住两条腿，像拔河一样轻轻地朝后拽，慢慢地向后拉，一头完整的小牛像倒着游泳一样，终于来到了这个世界。小毛一下子瘫在地上，抬起头哞哞地叫了两声，似乎在向上天宣告，自己当妈妈了，也似乎在亲切地呼唤着它的儿子。我爸高兴极了，一边笑，一边抹眼泪，他把小牛平放在麦草上，拍了拍它的脸，像叫醒一个贪睡的孩子，然后用袖子揩去小牛眼睛上的黏液，小牛就睁开眼睛好奇地看着我们。

我爸告诉我，还有一道手续，绝对不能忘记了。他拉起小牛的蹄子，把一层像椰子肉一样的白色角质层抠下来，放在一张提前铺开的火纸上。我问我爸，这是干什么呀？我爸说，这和剪指甲差不多，小牛的指甲不剪的话，长大了就站不稳，爬不了坡。我爸小心翼翼，等四只蹄子全部抠完了，像宝贝一样包了起来。他告诉我，这些软甲是一味中药，如果哪里生疮了，可以烧成灰，研成末，用油调一调，敷在烂疮上；如果小孩子半夜喜欢哭，放在锅里熘一下，磨成粉，搅成水，给小孩子喝下去，效果都好得不得了。我说，你又没有试过。我爸笑着说，当然试过了，你小时候不哭，所以你没有喝过，你姐你哥小时候都喝过。我不免有些遗憾，虽然这种东西喝下去，肯定有一股腥味，也不是什么美味，起码应该像乳汁一样，是一种美好的记忆。

小牛身上沾满了黏液，我本来想问问，是不是要打一盆热水给它洗洗澡。我爸一边吸烟，一边得意地指了指，我才发现小毛已经站起来，伸出宽大的舌头在小牛身上舔着，从头到背，从腹部到蹄子，被它舔过的地方像是沐浴过一样，也像是认真梳理过一样，立即干干净净、利利落落的了。直到很久以后，我学到了"舐犊情深"这个词，才明白其中的含义。我突然提议，给小牛也起一个名字，就叫喜娃子吧。我爸说，这是你的小名呀。我说，我们用一个名字有什么关系。我爸说，辈分也不对呀，小毛是你哥，你们是兄弟两个，如今变成母子两个了。我爸似乎已经分不清牛和人，其实谁又能分得清呢？我哥十九岁过世，说不定真就托生成了牛，牛又变成了人，早就没有什么分别了。

我爸最终没有接受我的建议，直到老牛过世以后，又把"小毛"这个名字送给了小牛，所以我们家的最后一头牛也叫小毛。

也许是上天在冥冥之中的指引吧，我就考上了农业学校的畜牧兽医专业，不仅学习养鸡养猪养羊养牛，而且还重点学习了如何当一名兽医。其中有一项技术，给我印象十分深刻，那就是劁猪骟牛，我们班四十个同学里，就我一个人学到了绝活，原因当然是老师的偏爱了。

我们学校大门里边有一排平房，开设了一个兽医门诊，门诊不大，也就两间房子，主要不是对外营业的，而是学习实践的窗口。本来由兽医老师管理，但是老师忙着上课，根本没有时间，所以指定一名学生坐诊，遇到有疑难杂症的时候，再通知老师前来指导。也不知道为什么，估计老师发现我是放牛娃出身，四个年级，四个畜牧兽医班，总共一百二十名学生，这个任务竟然幸运地落在了我的身上。于是，我从集体宿舍搬了出来，单独住进了门诊部，周围农民有需求的时候，我就会背着药箱子出诊。给动物看病不像给人看病，可以"望闻问切"，所以更难一些，不过没有思想压力，而且基本都有发烧症状,量体温是在肛门里,药方也没有什么出奇的,多数都是青霉素,给畜生打针也比较容易,只要瞄准了,朝着它们的胯部把针扎进去,然后使劲一推就行了。动物的承受力强,它们顶多哼哼两声,还没有反应过来呢,针头早就拔出来了。

有一次,学校背后的山坡上有一头牛生病了,已经高烧到四十多度,而正常体温在三十八度至三十九点五度之间。牛属于大型动物,肌肉注射一般效果不佳,所以和人一样需要打吊针。第一次是老师带着我去的,老师技术简直太娴熟了,他轻轻地拍了拍牛脖子,轻轻一针就扎进了静脉血管。第二次打吊针的时候,老师为了锻炼我,让我独自出诊去了。我早上十一点赶到地方,配好药挂在树上,但是非常难堪,我扎了几十针,把牛脖子都扎肿了,到下午三点多,太阳都偏西了,竟然还没有找到静脉,好在主人充满同情心,也没有太多埋怨,而且替我不停地端茶倒水。我急出几身冷汗,差不多都要哭了的时候,老师因为迟迟不见我返校,生怕出了什么意外,匆匆忙忙地赶来了。令人更加尴尬的是,他花费了两分钟,就把针扎好了。回去的时候,太阳落山了,老师不停地安慰我,说牛皮厚肉多,血管确实不太好找的。直到很多年以后,我自己生病了,打过一次吊针,才突然悟出来了，那针是要扎进血管里去的。

最后说说骟牛吧。公牛生长发育成熟，一般在两岁的时候就必须骟掉了，只有这样既不会发情，又更加温驯，拉犁才有力气。老师带着我骟过很多牛，骟一头牛记得是五块钱，基本属于义务性质。老师教我的骟牛方式有两种，比较常规的一种叫"捆骟"，适合我这样的初学者，方法是绑住牛的四条腿，把它掀翻在地，由一帮人按住，然后再动手术；比较激烈的一种叫"跑骟"，这是对体力和技术的考验，方法是不对牛采取其他任何措施。老师自己基本选择"跑骟"，他左手死死地抓住牛蛋，这时候牛会发疯地奔跑，牛上坡，他就上坡，牛跳河，他就跳河，他会随着牛一起奔跑，一边奔跑一边动刀子，等把睾丸割下来了，就把刀子叼在嘴上，再从围裙前边的口袋里，掏出事先穿好的针线，把伤口缝合起来，手术就结束了，前后七八分钟。西班牙斗牛，应该算英勇无畏的运动了，但是和"跑骟"相比，在疯狂和激情方面，简直是小菜一碟了，起码"跑骟"的场地并不宽阔，又没有围墙，手上握着的不是武器长矛，而是一把几寸长的手术刀。老师带着我走村串户骟牛，是最最让我兴奋的，原因是每次回来，老师都会扔给我两个牛蛋。回到学校，同学们一起找一家小饭馆，让厨师帮忙加点青椒爆炒一下，然后再来一瓶酒，五魁首六六顺地喝上几杯，真是太爽气了。

费心费力地放牛，到底有什么用呢？在挣工分的年代，我妈长年有病，我们姐弟几个又都在上学，所以替生产队放牛，可以顶两三个人的工分，而且无论天晴下雨农忙农闲。我爸说，如果不这样，家里人就被饿死了。

无论是生产队养牛，还是后来自己养牛，作用也只有两个，一是耕地，二是积攒农家肥。在那个还没有机械化的年代和没有广泛使用化肥的年代，这两样都直接关系到庄稼的收成，庄稼的收成又关系到生死，所以牛在那时候是非常重要的。只是后来，农田全部承包到户，被分割成了一小块一小块的，而且每家每户的地也非常少，所以全部用镢头挖，就不再用牛耕地了。最关键的，是化肥尿素多了，几斤化肥撒下去，庄稼会发疯地生长，玉米粒有指头蛋子那么大，土豆有碗口那么大，而牛粪撒下去，有个屁用呢？不过，不是农民是体会不深的，原来用农家肥的时候，那些草呀粪呀，被埋在泥巴里边，不仅仅是一种肥料，它们一腐烂，泥巴就黑乎乎的，松松软软的，还有好多蛇一样的蚯蚓，而如今化肥用多了，这些地里的泥巴越来越结实，像石头一样，挖不动，砸不碎，颜色也白哇哇的，很像人的脸色，营养丰富的精神好的人脸色自然是红通通的，有病的透支的人脸色就是惨白惨白的了。

我们家里的最后两头牛，就是我帮忙接生的一对母子。牛妈在最后的时光，几乎卧病不起了，在舅舅的劝说下，我爸咬咬牙，把它卖掉了，不忍心看它死在面前。牛妈还没有到县城呢，就死在了半路上，舅舅亏了本，说当年打赌，还欠十斤牛肉，就算是扯平了。我爸就是这个时候，把小毛这个名字又送给牛儿子的。等到这头小毛长到六七岁的时候，舅舅又来劝说了，说现在不耕地了，养牛不吃肉有什么用处呀。这一次，我爸拒绝了，说狗除了汪汪几声，也没有多大用处，还不照样有那么多人养着！舅舅说，人家狗是宠物。我爸说，我就当宠物养着，而且它有名字！叫小毛！小毛是谁？我的儿子！养老送终的儿子！

我当时已经毕业参加工作，很少有时间回家，我爸一个人长年累月生活在村子里，那是无比孤单的。据我姐传给我的消息，我爸无论上山砍柴，还是下地种庄稼，都会牵着小毛，把它拴在身边，而且经常待在牛圈里，深更半夜不回家，两个人默默相对，小毛在不停地反刍，他则一口口地吸烟。后来，小毛得了一场大病，我爸找了不少兽医，还是没有看好。舅舅说，牛肉可香了，你放了一辈子牛，牛肉汤都没有喝过一口，我帮你杀杀，自己留着吃肉吧。当时农村的日子好过了，大家已经吃喝不愁了，所以我爸说，这牛是病死的，有可能是传染病，怎么可以吃呢？我爸挖了一个坑，把这头牛给埋掉了。我回去探亲的时候，发现我哥的坟旁边有一个小土包，估计就是牛的坟，如果不注意呀，还以为是埋人的呢。

如今，我们村子里已经没有一头牛了，每次回去呀，地里没有牛耕种，山上没有牛吃草，也没有那放牛娃的吆喝声，似乎总有些失魂落魄，起码少了许多生气。有牛的村庄，是动态的，是祥和的，是有脾气的，仿佛一幅画，如果只有草，只有庄稼，而没有一头牛，没有放牛的人，这还算不算画呢？如今，牛的功能，仅仅只有一种，那就是被杀，那就是吃肉，这对牛来说，是多么悲哀的事情。时代改变了动物的宿命，人的宿命又何尝不是如此被改变的呢？

我最近一次见到牛，是前几年去四川旅游采风，在广安地区的华蓥山上，那是双枪老太婆打游击的地方，折返下山的时候，遇到几头小牛犊子，它们像窜来窜去的几团光芒，在雨过天晴的林子中低头吃草，整个身体金黄、光滑、矫健、机警、体面，根本不像拉犁耕地使的，也不像是被杀掉吃肉用的，看上去有些灵兽的样子。

我向朋友一打听,原来多年不见,这家伙比咱出息多了,竟然活出了一种新状态,成为旅游景观的一种元素。也就是说,它已经成了风景,而我这个昔日的放牛娃却成了看风景的人。

第六章 獅

狗

我最遗憾的，是小时候没有养过狗，主要是家里比较穷，人都养活不过来。

我二叔家相对富裕一些，所以养过一条大黄狗，拖着一条大尾巴，竖着两只耳朵，龇着几颗獠牙，总是卧在大门里边，半夜三更的时候，哪怕风吹草动，哪怕星沉月落，它都会汪汪叫几声。因为会守院、打猎和驱邪，虽然它一副凶巴巴的样子，大家都很喜欢它，啃不动的骨头都会留给它。

我印象最深的是某一年秋天，它帮忙逮住过一只果子狸。果子狸的嘴特别馋，尤其喜欢吃柿子，晚上天一黑，它们就会偷偷地溜下山，爬上柿子树摘柿子，所以每年秋天柿子红了的时候，大家就吆喝着去打果子狸。有一天吃过晚饭，二叔带着大黄狗从门前经过的时候，神秘地朝着我招了招手，说你想不想吃肉。我说，我快一年没有吃过肉，恨不得把自己的胳膊咬一块下来。二叔说，那快点跟我走吧。听说有肉吃，我就非常开心，听说去打果子狸，我就更兴奋了。最兴奋的还是大黄狗，它一直冲在前边，东闻闻西瞅瞅，似乎已经嗅到了猎物的气息。在路上,二叔叮嘱我,果子狸最害怕光,只要用手电筒照着它的眼睛,它就会一动不动地待在树上,到时候发现了果子狸,我负责打着手电筒,他负责开枪,"砰"的一枪过去,它就死翘翘了。我问他,你的枪里装子弹了吗?二叔说,当然装了,而且是滚珠。我说,你的枪法那么臭,打不准怎么办?二叔说,你就放心吧。

柿子树多数长在半山坡,有好多还长在坟头上,而且又黑咕隆咚的,我的心吓得怦怦乱跳。我们轻手轻脚地搜寻了好几个地方,站在第四棵柿子树下边的时候,才听到一些沙沙的动静,估计那个蠢货正抱着柿子啃呢。二叔突然打开手电筒,朝着头顶一照,再左右稍微一晃,就直直地射在了一双眼睛上。二叔说,你赶紧过来换一把手,千万不要动啊。我双手定定地握着手电筒,顺着那束强烈的光柱看上去,那双眼睛像两颗黑色的葡萄一样,被牢牢地锁住了。二叔呵斥大黄狗,让它做好伏击的准备,然后端起枪瞄了半天,"砰"的一声放了一枪。果然,二叔的枪法很差,不仅没有打到果子狸和一个柿子,反而把自己握枪的胳膊震麻了。不过,果子狸也许被照花了眼,也许被吓破了胆,从树上一头栽下来,被大黄狗扑上去一口叼住了。

果子狸的体形不大,浑身呈黄褐色,长着一张五花脸，一双楚楚可怜的眼睛是湿润的。二叔从大黄狗嘴里接过来的时候，果子狸还是活的，身上没有伤口。我建议二叔别杀它。二叔说，为什么呀？我说，可以养着它，比养着大黄狗强多了。二叔说，大黄狗可以看家护院，也可以打猎，果子狸能干什么？我说，它可以生一窝小果子狸，小果子狸长大了，接着继续生下去，到那时候，你就有吃不完的肉了。二叔说，你的想法挺好的，关键我们只有一只，还不知道公母呀。我说，我们明天再逮一只回来不就行了？二叔想了半天，然后笑着说，你这孩子看看清楚，它是一只畜生，又不是狐狸精，你不要被它给迷住了。

　　第二天早晨，整天村子都飘着一股香味，馋得大家口水直流，都以为谁家煮腊肉了呢。二叔把一小根骨头偷偷送来的时候，我就问他，为什么要害它？二叔说，就为了吃肉呀。我说，那为什么不叫别人？二叔说，如果叫了别人，你还有肉吃吗？我虽然很久没有吃肉，老实说吧，我把那根骨头放在嘴里啃了啃，并没有觉得有多好，腻嗒嗒的，腥乎乎的，是永远无法和猪肉相比的。我看着二叔家屋顶上的烟囱，再想想那双被照射的眼睛，心里内疚极了。不久，二叔夹柿子的时候，从树上摔下来，差不多摔了个半死，我借机到处宣扬，果子狸的眼睛会勾魂，果子狸的肉不好吃，吃完了不仅要做噩梦，还有可能不得好死，从此以后，村子里真没有人打果子狸了。

我们家也养过两次狗，不过都是在我成家立业以后，而且都在上海。

第一次养狗在刚刚结婚不久，那天是星期五休息时间，我准备去书房里看看书，不想刚进小区大门就被一阵太阳雨挡住了。由于酸雨致癌的消息到处流传，加之好久没有静下心来看看天空，于是我拐进岗亭躲了躲。阳光和江南的小水滴拌在一起，金黄金黄地飘落的时候，像一条条小金鱼滑下来，真是美妙极了。

我正发呆呢，有什么东西顶了顶我，我回头一看，竟然是一条小狗。它也是躲雨来的，拱了拱我的脚，那意思是让一让它。它很普通，毛是灰白色的，因为被淋湿了，显得格外凌乱。它蹲在我旁边，我看着天空，它也看着天空，我伸手接了接小雨滴，它抬起前爪也接了接小雨滴。我呵斥了一声"别学我"，它被吓了一跳，然后冲入雨中，扑着，捉着，咬着，也许以为落下来的真是小鱼儿。

雨终于停了，太阳红红地照着，我回到书房准备反身关门的时候，觉得背后有一些异样，有什么东西在撕扯着我，而且发出哼哼叽叽的声音。我回过头一看，不就是刚才躲雨的小狗吗？从小区大门到书房，要经过几个花坛和一个停车场，它竟然不动声色地悄悄跟过来了。我站在门里，它站在门外，隔着门静静地看着我，似乎在等待着我的允许。我真怕它扑上来咬我，于是吼了一声，快点滚蛋吧。它愣住了，朝后退了几步，远远地蹲在楼道里，有些胆怯而迷茫地看着我。

我从厨房翻出几根火腿肠，一边扔一边下楼，把它哄到了楼下。它可能饿坏了，也可能第一次吃这样的美味，所以吃得十分香甜，每次吃完了，都要伸出爪子，来一个直立的姿势。我被它的调皮逗笑了，就蹲下去摸了摸它，它不仅不慌张，不回避，不挣扎，还很享受地卧在地上，欢快地摇起了尾巴。我伸脚去踩它，它把爪子迅速一收，我把脚收回来的时候，它又把爪子伸出来，反反复复很多遍，类似于我小时候玩过的一种叫"打手溜子"的游戏。有一位阿姨经过，好心地提醒我，这是一只流浪狗，在小区溜达很久了，小心传染什么疾病。我说，它刚刚一见我，就一直跟着我。阿姨说，也许你们有缘分，万一要养的话，给它好好地洗个澡吧。

小区人来人往，它为什么偏偏盯着我呢？这不是缘分又是什么呢？我吆喝了几声，决定把它领回家。我站起来的时候，它就站起来；我走动的时候，它就走动；我开始上楼的时候，它也跟着上楼。我进门关门的时候，它把头伸进门缝，然后又退了出去，可怜巴巴地看着我。我说，你这家伙挺有礼貌的嘛，请进来吧！它一下子冲进门扑在我的身上，似乎要给我一个热烈的拥抱。午饭在书房里下面条，我比平时多下了半碗，是专门为了喂小狗的。它吃得十分有趣，每次咬住一根面条，像我们一样吸进嘴里，发出滋滋溜溜的声音。也许臭味相投吧，仅仅半天时间而已，我和一只狗的关系就建立起来了，这是万万没有料到的。

  如果不是一只狗，而是现实中的一个人，我们从相识到和谐相处，那是多么复杂的过程，中间肯定会经历许多防备、猜忌和矛盾，最后要么伤痕累累，要么成为陌路。而狗似乎更懂得人心。我在看书的时候，它静静地蹲在旁边，像乖孩子似的东张西望，感受着周围的动静；我上厕所、进厨房的时候，它就跟在后边不时地咬咬我的裤脚；我坐下来看电视的时候，它也入迷地盯着屏幕；我在沙发上睡着的时候，它也卧在地板上，眯着眼睛睡觉，还发出均匀的呼吸声。但是烦恼随之而来，它趁我不备的时候，在木地板上狠狠地撒了一泡尿，整个房间里一下子弥漫着尿臊的气息。我十分恼火，指着它的鼻子臭骂了一顿，它被吓坏了，像一个做错事的孩子，躲到沙发底下不敢出来。

我心软了，只要是生命，谁都会大小便的，我小时候还尿过床，何况一个畜生。随后，估计是憋不住了吧，它又跑到厨房里拉了一泡，而且比上一次更加汹涌澎湃。我有些忍不住了，心想它从来不叫，也十分的温柔，是不是可以养在楼道里呢？我在楼道里找了一块相对僻静的角落，打了一个柔软的"地铺"，下边铺着几层报纸，放了两个盆子，一个装饭，一个装水，应该能让它很好地生活了吧？但是，我把房门关上的时候，它直立起来，趴在门上，叽叽歪歪地叫着，着急地敲打着。我忍住了，没有开门，继续看着自己的书，不知道过了多久，再静静地听了听，门外一片安静。我悄悄地打开门，发现楼道是空的，我正要关门的时候，它一下子冲出来，撕咬着我的裤角，充满了小别以后的喜悦和狂欢。

老婆小青听说收留了一只小狗，高兴得不得了，下班后拖着疲惫的身子，直接跑到书房里来了。她给它起了一个名字叫"小黑子"，嘴里不停地叫着"小黑子"，那种亲切、欢喜真是无法言表。小青告诉我，她们家曾经养过一只狗，无论怎么踩它的脚，揪它的耳朵，掰它的牙齿，它都不会叫一声，可惜在搬回上海的时候，送给人家看守鱼塘去了，估计太敬业了吧，被小偷下毒闹死了。我和小青的工作都很忙，根本没有多少时间在家，但是晚上离开书房回家的时候，还是决定带着小黑子，交给丈母娘来养。小黑子拖在最后，才试探着走出门，似乎担心自己踏出门，门会不会立即关上，让它再次过着无家可归的日子。它的心情，我是可以体会的，几年前自己四处流浪的时候，不就过着这样的生活吗？

我告诉小青，这不是一条小狗，分明是几年前的自己。

小黑子胆子小，不敢上车，也不敢过马路，所以整个路上，我一直抱着它。我们是和丈母娘住在一起的，丈母娘听到声音，从卧室走出来的时候，看到摇着尾巴的小黑子也很开心。但是小黑子刚刚进门呢，就冲到厕所撒了一泡，在地板上踩出两串尿印子。丈母娘说，你们要养狗，我也不反对，只是在驯好以前，必须关在阳台上。第一天晚上，它就被关在阳台上了，虽然仅仅隔着一扇透明的玻璃门，它还是趴在门上轻轻地拍打着。它惧怕的，也许不是风餐露宿，也许不是被冷落和孤独，而是不能在主人脚下承欢。

第二天，小青起了个大早，她把阳台门一打开，小黑子就和阳光一起欢快地冲到她面前，一会儿跳跃，一会儿直立，一会儿腾空……小青说，她从来没有遇到过这么惊喜的早晨。丈母娘还算不错，每顿饭多准备两个包子，隔三岔五地从菜市场带回几块猪骨头呀鸡腿呀什么的，给小黑子改善一下伙食。也许有奶就是娘，没几天时间，小黑子成了丈母娘的跟屁虫，去公园跳舞呀，去市场买菜呀，走到哪里跟到哪里。丈母娘专门配了一辆四轮的行李车，系着一根绳子，让小黑子给拉着，这样既省力气，也非常好玩。

有一天，我正在单位上班呢，突然接到丈母娘的电话，问小黑子是什么品种。城市人比较人性化，也比较有经济头脑，好多人会给自己家里的宠物找对象，这样既可以解决宠物的生理问题，如果再生育一窝小狗，卖出去经济效益也非常可观。

我说，妈呀，又不是找女婿，你就不要嫌贫爱富了好不好？丈母娘很生气地说，不是我嫌弃，是人家嫌弃，快点告诉我，品种叫什么。我说，它是世界名犬，叫泰迪。丈母娘说，什么泰不泰迪不迪的！你就实话告诉我，它是从哪里来的吧？我说，朋友送的。丈母娘说，什么样的朋友送的？我说，哎呀，我正忙着呢，你等我下班回来再说。晚上回到家，丈母娘还没有烧饭，气呼呼地坐在那里一言不发，小黑子跑过来讨好她，被她一脚踢开了。

小青问了半天，丈母娘才告诉我们，早晨跳完广场舞，从公园里出来的时候，半路上遇到另一只狗，小黑子就冲上去搂着人家，一会儿亲，一会儿咬，一会儿在草坪上打滚。两条狗正亲热着呢，有个少妇跑过来，拿着一根树枝子使劲地追打小黑子，把两条狗拆散了。丈母娘很生气，说你凭什么打我们家的狗？少妇说，我倒要问问你，这种东西你也好意思带出来遛？丈母娘说，你什么意思？少妇说，我看你也不像乡下人，为什么要养一条土狗呢？估计是从哪里捡来的吧？丈母娘说，我女儿花几千块买的，她说叫什么泰迪。少妇说，我估计你们被人骗了，我这条才叫泰迪，又名贵宾，你对比一下就知道了，你们这条明明是来自乡下的土狗。丈母娘很尴尬地说，其实吧，女儿心善，刚刚收养下来的，应该是一条流浪狗。少妇说，你们最好离得远一点，这种土狗不好看，满身都是寄生虫，而且太没有面子了，我们家泰迪这几天正在发情期，它刚才和我们那么一骚情，如果怀孕生出一窝土狗，那多丢人啊。少妇牵着泰迪匆匆忙忙地走了，说要去宠物医院采取避孕措施。

　　小青安慰她妈，养狗就是图开心，和品种有什么关系呢？丈母娘说，怎么没有关系？今天总算明白了，人家总是嘻嘻哈哈、指指点点的，那不是笑话狗，而是在笑话我。我也安慰她,我这个乡下人照样做了她的宝贝女婿,而且活得也不比城市人差,何况一只狗呢,你就安心地养着吧。我事后专门写了一首诗,题目就叫《遛狗》——

  我牵一只土狗

  她牵一只洋狗

  我们相遇在一条十字路口

  两条狗在来来往往的街上

  一眼就认出谁是人谁是狗

  它们欢叫着跑到马路中央

  搂着,抱着,亲着,闹着

  如果有手

  它们肯定会像人

  握一下,再握一下

  我们彼此都不认识

  就算认识也不会和狗一样如此亲密

  我与她吆喝着把两只狗各自赶开

  希望它们和我们一样

  各摇各的尾巴

  各走各的路

我们要把人类的冷漠像病一样
传染给我们的狗

    从此以后，丈母娘出门，除了不再带着小黑子，似乎一切都相安无事。有一天下班回家推开门的时候，却不见小黑子又扑又咬的影子，只有丈母娘一个人坐在桌子前看报纸，显得十分安静。小青以为小黑子在捉迷藏，一边叫着"小黑子"一边四处寻找，但是阳台上、床底下找了几遍，什么也没有发现。我问，小黑子呢？丈母娘没有回答。小青问，小黑子去哪里了？丈母娘也没有回答。我笑着问，小黑子是不是去女朋友家了？丈母娘才淡淡地说，早晨买菜的时候，在菜市场跑丢了。我说，你怎么不把它找回来？丈母娘说，我找了半天，估计和别人跑了，过好日子去了。小青什么也没有说，躲在房间里哭了半天，后来悄悄地告诉我，她妈嫌养一只土狗丢人，把小黑子抛弃了。我伤感地问，她这么爱面子，哪一天会不会抛弃我？小青说，这极有可能，你要小心一点。

    我在很长一段时间，喜欢周末的时候去公园、绿化带和菜市场溜达，每次遇到相似的小狗，不管是流浪的，还是人家收养的，都轻轻地叫一声"小黑子"。我想它如果真是小黑子的话，或者它还活着的话，会不会还记得自己的名字呢？会不会还能闻出我身上的气息呢？

大概过了两三年吧，我们家又养了第二条狗。这一次是丈母娘自己带回来的，它的品种真是泰迪，棕色的卷曲的毛发，蓝色的透明的眼睛，像通人性的小精灵，不仅长得十分好看，还有着超出猪马牛羊的智商，尤其是有很强的自尊心，这估计就是贵族的特性吧。我如果教训它几句，再抛过去一根肉骨头，它肯定是置之不理的，这种志气和高傲，让人都有一些自卑。

小青想继续叫"小黑子"，遭到了她妈的强烈反对，于是重新起了个名字叫范二。据丈母娘介绍，范二不仅血统纯正，而且经历很不一般，它原来的主人是大老板，由于全家移民到了海外，万不得已才送给了我们。丈母娘逢人便说，你别看这是一只畜生，人家原来住的是大别墅，坐的是奥迪和火车，而且还坐过几次飞机，去过北京天安门，现在跟着我们，真是太委屈了。我说，坐飞机是假的吧？宠物允许上飞机吗？丈母娘说，当然可以，只不过需要提前申请，这家伙的登机牌我是亲眼所见，还好几张呢，这比你爸厉害，你爸还没有坐过飞机吧？我说，我们土农民，哪里有资格坐飞机啊？小青感

狗

觉话不投机，拿狗与人相比有些不妥，就赶紧拦住她妈说，有些飞机票比火车票还便宜，能坐飞机有什么了不起的，如果能坐宇宙飞船那才叫本事。

范二的出身不管是不是瞎编的，反正被带到我们家的时候，和小黑子完全不一样，确实很有教养。会与人握手，会直立行走，我把食物抛向半空，它不会急切地跳起来接住，也不吃嗟来之食，为了一根骨头就摇尾巴巴结我，无论一扑一咬，动作也适度自如。尤其十分优雅的是，它会去厕所定点大小便，天黑以后就回自己的窝里睡觉。

范二在我们家，开始吃大米饭，后来添加了狗粮，再后来厌弃了米饭与狗粮，基本是无肉不欢了。家里吃炸猪排的时候，丈母娘会替范二着想，挑选肉少的咬得动的软骨，而且经常提回来一只鸡，专门用高压锅炖一炖，我们只喝鸡汤，鸡肉统统丢给范二，从此范二的一日三餐基本成了肉。

有一天晚上，肚子有些饿，我冲进厨房找吃的，发现案板上堆着一堆熟鸡蛋的壳，只剩下了蛋清，蛋黄不见了。我问，蛋黄呢？小青说，喂范二了。我才知道，我们家的一只狗，它的菜单里边，除了鸡鸭鱼肉以外，每天还有两个鸡蛋，而且挑三拣四，只吃蛋黄不吃蛋清。

我一时触景生情，想起可怜巴巴的自己，不仅小时候吃不到鸡蛋，即使参加工作了，每天一个鸡蛋都无法保证，如今也没有养成这样的习惯，还有我爸、我姐这些亲人，虽然生活水平改善了，不愁吃不愁穿了，如果让每天吃一个鸡蛋，他们还是舍不得的。

我十分恼火地说，在这个家里，狗比我都重要了。

因为小青很喜欢范二，每天下班后就急着回家，很少再去外边聚会了，回来总会带一点好吃的，偶尔也带一两件玩具，比如皮球和布娃娃。小青一进门，范二就上前握手、提包，表演各种各样的动作，或者在家里疯跑，从大厅到卧室，从卧室到阳台，然后和小青一起坐在地板上，睁着眼睛扑闪扑闪地望着对方，那种感觉真是幸福极了。小青说，在这个世界上，只有范二对她是真心的，见到她的那种快乐是发自肺腑的。我说，我对你不真心吗？小青使劲地踢了范二两脚，又狠狠地踢了我两脚。我说，你发什么神经啊？小青说，你看看，同样踢了两脚，范二一声不吭，而你就不高兴了，你说说谁是真心的？

范二对小青的好，让丈母娘醋意大发，说到底是畜生，她再怎么辛辛苦苦供它吃供它喝，只要女儿一回家，它就叛变了，不听吆喝了。她估计真的伤心了，有那么好几天，不给它买肉了，也不给它吃鸡蛋了，想故意惩罚惩罚它。谁知道范二比人更拽，不但不在乎，而且和她更疏远了。我安慰她，养狗和养孩子是一样的，你指望有什么回报的话，那就大错特错了。

暑假期间，我们全家准备回陕西探亲的时候，想找朋友寄养几天范二，但是问了三四家都被拒绝了，有的说家里有小孩子，有的说皮肤过敏，有的更干脆，不喜欢小狗。没有办法就找了一家宠物医院，每天两百块钱，如果需要增值服务，比如梳毛呀，足底护理呀，用手喂食呀，驯养师陪聊呀，实时报告健康状态呀，是要另行收费的。小青选择的项目比较多，算下来和便捷式酒店的大床房差不多了。

我们出发的那天，小青有些不放心，要求绕到宠物医院再看一眼范二。离开一个晚上，范二见到我们的时候远远地站在那里，不逃跑也不靠近，不陌生也不亲热，不仅反应有些迟钝，而且神情有些恍惚，按说已经理过一次发，应该更精神才对，但是明显有些失魂落魄。小青哭了，冲过去抱住范二，决定带着一起回陕西。我们对范二的变化进行分析：一是在理发的时候，被打了麻醉药，药效还没有消失；二是许多狗被关在一起，像监狱一样，遭到了暴力；三是宠物医院环境恶劣，没有窗户也晒不到阳光，不适应就失眠了；四是以为自己被抛弃了，感情受到极大的伤害。

我们开着车，带着一只狗，江苏，安徽，河南，陕西，一路向前，每到一个城市，就停下来看看风景，坐下来加加油、吃吃小吃。在扬州，我们吃了笋肉烧卖、桂花糖藕粥和野鸭菜包子；在焦作，我们游了云台山的红石峡、子房湖、猕猴谷和茱萸峰；在登封，我们爬了嵩山，膜拜了塔林，进了少林寺。遇到田野就在地上打滚，遇到小河就下水摸鱼，玩得真是痛快极了，范二不到两天时间，完全恢复了活力。也许是眼界宽了，经的事情多了吧，反而情感更丰富了，比以前更聪明、更讨人喜欢了，比如每次爬山的时候，它总是在前边引路，然后又回过头接应我们，似乎在告诉我们，前边没有任何意外，或者在鼓励我们，离终点不远了。

我们参观少林寺的时候，心想这里乃佛门净地，肯定不允许宠物入内，而且把畜生放进去是大为不敬的，所以我留在外边照看着范二。也许狗比人通达，不讲那么多忌讳，它在门口转一圈，然后一个机灵，从我的手中挣脱了，检票的人都没有回过神呢，范二已经从栅栏下边蹿进去了。我补了一张票，跟着走进少林寺，刚好赶上武术表演时间，我站着观赏表演的时候，范二则钻进人群，在和尚中间跑来跑去，偶尔来个一招两式，毕竟是慈悲为怀的佛门，不仅没有遭到出家人的呵斥，还有人被它的可爱逗乐了，游客也趁机举起手机拍照。我小时候看过不少少林寺的电影，于是在腿上绑着沙包练过飞毛腿，在树上吊着沙袋练过铁砂掌，还练过轻功和一指禅，偷偷地坚持了好几年，一掌下去可以打断一块砖头，除此以外什么功夫也没有学会。但我一直心有不甘，希望有朝一日能进入少林寺拜师，学一身盖世武功，用以除暴安良，伸张正义。虽然梦想已经被岁月磨平，少林寺仍然是自己向往的地方，如果不是范二，这次路过山门而不入，入得山门又错过了少林武术，那要留下多大的遗憾啊。

小青从陕西回来就怀孕了，朋友一再叮嘱说，狗身上有寄生虫，绝对不能与孩子一起养。我想到养狗后的一些生活细节——家里确实有生机了，小青确实变得快乐了，但是家里到处都是狗毛，扫也扫不干净，有几次喉咙里痒痒，咳着咳着就咳出一根细小的卷曲的毛发。而且丈母娘是爱干净的人，范二吃完饭以后，要把它的食盆子拿到厨房里一起洗，每天从外边放风回来，进门要给它洗洗脚，大便后要给它洗屁股，每月要带出去理一次发，每周要按在浴缸里泡一个热水澡，除了刷牙以外，和我们的生活基本一样，连洗发膏和沐浴露都不分。

最可怕的，范二是一只母狗，来大姨妈的时候，把血流在家里的地毯上，弄得到处一股腥味。

我们与丈母娘商量了好几天，为了不生一个畸形儿，决定把范二给解决掉。开始想的方案很多，第一种是送到南通亲戚家，但是小青夸张地说，南通有很多打狗队，经常给狗下安眠药，然后抓走杀掉，把肉卖给火锅店；第二种是送回陕西老家，陪陪孤独的我爸，但是丈母娘说，我爸年纪大，养自己都吃力，哪里顾得好好养狗呢？而且乡下的野狗多，又特别凶猛和粗鲁，这不是苦了范二？第三种是放到宠物医院去，权当上了幼儿园，一个月几千块寄养费不是问题，问题是上回寄养过一次，好几天都痴痴呆呆的，没有回过神儿；第四种是关到书房里，由丈母娘每天送两顿饭过去，试着这样关了两天，范二一直凄凉地叫着，跳起来拍打着门板，有时候试图从窗口往下跳。

有一天，我们去逛中环百联商场。宠物是不能进商场的，所以我带着它留在车上。小青转身离开以后，我打开车门透气的时候，范二趁机跳下车，像疯子一样冲进商场不见了。我心想，狠狠心丢就丢了，也不失为一种解决问题的办法。我们觉得流浪是一种悲剧，是值得同情的，但是问过几个流浪汉，给我的答案是那样的日子"无拘无束"。在一个没有彻底解放的社会里,有时候安于一隅更是一种枷锁,是对灵魂和人性的更大折磨。如今不再是食物缺乏的时代,而是食物过剩的年代,处处都是盛会宴会,到处都是暴饮暴食,填饱肚子已经不再是生存问题,具体到流浪狗身上来说,也是一样的,它们钻到任何一个角落都有啃不完的骨头。比如我们家楼下有两只流浪猫,邻居经常送点吃的吧,它们还爱理不理的呢。所以,对于人类的圈养与宠爱,畜生们不会有太多的感激,我们家范二就是如此,不会为填饱肚子而摇尾巴,不会因为别人扔一块肉就随之而去,丰富的食物已经让它学会了自尊——不吃嗟来之食。每每看到那些流浪狗快乐地在草地上打滚,在许多人类不得入内的区域漫步,这不就是回归自然吗?我不明白它们对人类的看法,但是每次给范二理发,给它洗澡,给它擦屁股,给它穿鞋子和衣服,它都会拼命地挣扎,它们其实并不愿意过上人类看似文明的那种生活。所以,对于范二,给它自由,也许是一种美好的归宿。

  我开始是着急的,它毕竟是家里的另一个"孩子",于是装模作样地在商场外转了一圈,又去商场里找了一遍。我准备放弃的时候,远远地发现一只棕色的卷毛狗,从商场背后飞奔过来,然后惶恐不安地蹲在我们的车前,向商场的出入口张望着。有行人上前招呼它，扔面包给它，吹口哨勾引它，它都是无动于衷的。它在等待它的主人，小青几天不出现，它也许会等几天，小青几个月不出现，它也许会等几个月，一直等到终老。在安葬小青她爸的福寿园里，我们很多次遇到过一只狗，渴了，它就在小河里喝水，饿了，它就拦住扫墓的人讨点吃的，冷了，它就钻进旁边的草丛。有人想赶走它，有人想收留它，但是它不弃不离地卧在主人的墓头，风风雨雨，朝朝暮暮，一天又一天，一年又一年，不是为了主人能够回来，而是为了主人不再孤独。

我的想法改变了，我同意了小青的做法——给它找个好人家寄养着，等孩子平安地出生了，长大了，再接回来陪着孩子，像兄弟姐妹一样，或者像朋友一样。小青联系好的主人叫小刘，是一个挺漂亮的女孩。小刘与男朋友曾经来串门子的时候，各自牵着一条雪白雪白的萨摩，感觉像是成双入对的白狐狸。后来，其中一条萨摩由于营养过剩患上了脂肪肝，花了一万多块钱住院、做手术，还是死了。小刘流过多次眼泪，还给它办了葬礼。我不清楚这个葬礼会不会放哀乐，会不会鞠躬，会不会致悼词，反正有一点是确切的，它死后被火化了，埋在宠物的墓地里，拥有一块属于自己的墓碑，墓碑上写有生卒年月,也有名字和照片,与人并无二致。我想,把范二交给这样的人是十分放心的。

最后一天晚上,小青与范二坐在一起,四眼相望着一直守到半夜,范二从来没有过的安静,不再四处蹦蹦跳跳,也不再到处打滚。它的眼睛是湿润的,甚至带着人类少见的忧伤。小青说,它明白它要离开了。

丈母娘告诉我,范二那天晚上一夜未睡,坐在门口透过房门的玻璃,直直地看着我们的房间,偶尔眯瞪一会儿,就发出几声尖叫。丈母娘说,它应该做噩梦了。

范二离开的时候,小青把它生活用的玩具、项圈、盆子、毛巾和棉被,几十公斤狗粮和一些零食,还有范二睡觉的摇篮,统统都准备好了。另外,像嫁女儿一样,她为小刘准备了礼物,是一个红包和两瓶洋酒。我带着范二出发以后,小青不停地打电话过来,她问,到哪里了?我说到铜川路了。她问,到哪里了?我说上中环了。她问,到哪里了?我说下中环了。她问,到哪里了?我说到小区了。她问,到哪里了?我说已经上楼了。她问,范二乖不乖?我说它根本不在乎。她问,萨摩有没有欺负它?我说两条狗亲热着呢。其实,范二一路都在挣扎,刚一见面就被萨摩扑上来咬了几口,我告别的时候,它蹲在门口汪汪地叫了两声,眼泪汪汪地目送着我。

小刘结婚那天,我们一家三口都去了,一是为了道喜,二是想看看范二过得如何。令人欣慰的是,小刘嫁进了豪门,家里住着青砖红瓦的大别墅,别墅隐藏在一片树林之中,四周种着枇杷树,已经结满了厚厚的青果,前边有一条小河,河边杨柳依依,不时地有鱼儿跃出水面。在别墅前站了一会儿,一阵噼噼啪啪的鞭炮声响起,接亲的奔驰宝马就到了。随着新娘子下车的,除了新郎以外,紧跟着两只狗——雪白的萨摩十分稳重而优雅,像是引路的天使,另一只是不起眼的泰迪,它就是范二。范二欢快地跑前跑后,一会儿咬咬新娘子拖地的婚纱,一会儿回头嗅一嗅抛在地上的花瓣。

小青与丈母娘喊了几声"范二",也许是太吵闹的缘故吧,范二没有一点反应,也没有在我们的身边停留,而是随着欢乐的人流钻进了别墅。小刘的公公轻轻地叫了一声"过来",范二就乖乖地过去了。他吆喝了一声"蹲下",范二就听话地蹲下了。他拍了拍它身上的灰尘,拣了拣它身上的炮皮,很明显,他已经喜欢上了这只狗,这只狗也完全融入了他的生活。

我一直向往的理想生活,不就是住在一幢宽大的别墅里,顺着一个红木的旋转的扶梯,爬上一个可以眺望的阳台，坐在一把藤椅里一边晒太阳一边看书，别墅外有一个可以务花弄草的院子，有一块可以随时漫步的草坪……但是，当这样的生活离我越来越遥远的时候，我们家的范二已经过上了这样的生活。我真有点羡慕范二，不明白为什么一只狗总能轻易地实现人的梦想，是因为它们并无这样的梦想，还是一只狗在这个时代要比一个人更幸运呢？回家的路上，小青有点不甘地说，再过上几个月，等我们家孩子出生了，就去把范二要回来。我想，要回来的这只狗还是我们当初养着的那只狗吗？

在城市，你养着的，有时候并不是狗。我爸一个人住在农村，我害怕他太安静、太寂寞，就劝他养一只狗，但是他说，那畜生除了汪汪几声，还能干什么呢？是啊，一个农民，如今猪和牛都不养了，为什么还要养狗呢？

第七章 鸡

鸡

我就是那层壳，薄薄的，脆脆的，淡黄色的，这么多年了，它们一直待在壳里，轻轻地啄着我的心，有种破壳而出的感觉。

最近一次遇到活着的它们，是在我家不远的上海西郊。那是一个野生公园，公园林子很深，密密麻麻望不到边，阳光被枝枝叶叶切割得非常斑斓，中间夹杂着几个小型湖泊和一条若隐若现的小河。除了一条水泥小路弯弯曲曲地穿过，再没有任何人工造出来的景色，而且有一条呼啸的铁路把喧哗闹市隔离出去，所以显得十分自然和幽静，除了几名垂钓者外，几乎看不到什么游人。有人干脆圈了一块菜地，在里边种起了西红柿、茄子和青椒。有一天，我和儿子骑着自行车去玩，远远地就听见了咯咯哒、咯咯哒的声音。我对这种声音十分熟悉，毫不夸张地说，听到这种声音心就怦怦乱跳，等走近了，果然就是它们。

它们被十分邋遢地装在一个钢丝笼子里，与此形成鲜明对比的是一群鸟，我估计应该是白鹭，长得十分优雅，来去也很自由，在树梢上飞翔着，不时地落在地面，迈着芭蕾舞步在啄食虫子和喝水。我突然有一种冲动,想把笼子打开,放生它们。这时候,突然从草丛中钻出一个男人,他系着一条围裙,上边沾满了血迹,手中还握着一把尖刀。他是一个屠夫,把这里当成了露天的黑色屠宰场。我知道它们正面临着巨大的危险,但是我无法拯救它们,所以我叫上儿子迅速地逃跑了。

　　我所说的它们,就是鸡。我已经很久没有见过活着的鸡了,城市禁止养鸡,也禁止杀鸡,大家能见到的只有鸡肉,尤其我们单位食堂,不知道什么原因,也许鸡肉便宜吧,几乎顿顿不离鸡,白斩鸡,咖喱鸡,辣子鸡,黄焖鸡,油炸鸡,可以说是五花八门。每次进了食堂,闻到那股味道,心里就莫名地悲哀起来,不是那种味道不香,也不是这种食品没有营养,而是我和鸡的感情太深了,看到它们被剁成块,变出如此多的花样,我心里难受,因为在我的意识里,鸡活在这个世上,并不是为了让人吃肉的。

　　那养鸡干什么呢?养鸡是为了让它们下蛋。那下蛋的目的是什么呢?下蛋是为了卖钱,用这点钱养家糊口。以至于在我幼小的心灵里,以为鸡蛋像鹅卵石一样,是绝对不能吃的东西,所以很长时间都搞不清楚,那些被收购的鸡蛋都运到哪里去了。我们小伙伴在一起探讨过这个问题,最后大家比较相信的说法是,鸡蛋被运到养鸡场去了,养鸡场把它们再孵化成小鸡,鸡生蛋,蛋生鸡,鸡鸡蛋蛋,蛋蛋鸡鸡,就这样无穷无尽。

等我们稍微长大了,很快就懂了,无论是先有鸡,还是先有蛋,鸡和蛋都是可以吃的。不过,我们穷人不可以吃,不是穷人牙不好,咬不动,打不烂,而是我们哪里舍得呀。所以鸡蛋似乎是专供富裕人家吃的,他们最常见的吃法是荷包蛋,外白,里黄,汤清,放上几勺子白糖一搅,简直是人间少有的美味。

我们隔壁村子叫马鬃梁,有一户人家比较富裕,老婆定下一个规矩,老公上山采药的时候,如果采到天麻、茯苓这些名贵药材,回家就奖赏一个鸡蛋。为了能吃到鸡蛋,老公就非常积极,到了采药的季节,背着小镢头,带着一只狗,天不亮就出发了,从来不怕山高水远,天黑回到家的时候,捧着一个热乎乎的鸡蛋,什么苦,什么累,一下子都烟消云散了。大家十分羡慕,每次碰到他就问,鸡蛋是什么味道?他说鸡蛋是甜的,大家说,那是糖。他又说鸡蛋是香的,大家说,那是调料。他就得意地说,我都吃腻烦了,所以呀,放在嘴里是鸡屎的味道。大家笑话他,原来你根本没有吃过鸡蛋,估计是老婆吃了你的蛋。

开始那几年，采药的人比较少，每天基本都能采到一些好药材，后来采药的人一拥而上，把山山峁峁都翻遍了，比如哪座山上发现了天麻，大家就一字排开，像开荒一样，大半天时间就会把整座山翻个稀巴烂，天麻、茯苓就慢慢少了，不几年时间差不多就根绝了。老公为了能吃鸡蛋，就以柴胡、苍术充数，老婆也是睁一只眼闭一只眼，每次回家仍然奖赏他一个鸡蛋。估计是老公想回报老婆吧，他在村子里最先引进了天麻和茯苓的人工栽培技术，听乡亲们传来的消息，如今方圆几百里，地里已经不种土豆和庄稼了，而是改种天麻和茯苓了，因此大家也都富裕起来了。但是生活习惯了，有了鸡蛋仍然舍不得吃，要拿到小卖部去换油盐和香烟。

在我的印象中，我们家第一次煮荷包蛋，是嫂子上门订亲的时候，两个荷包蛋被埋在挂面下边，嫂子笑呵呵地把挂面吃掉了，把面汤也喝掉了，唯独把荷包蛋全部剩下来了。第二天，这两个荷包蛋，又出现在嫂子的碗里，还是被剩下来了。我判断，嫂子要么不认识荷包蛋，要么不喜欢吃荷包蛋，等到第三顿再下厨的时候，发现那两个荷包蛋不翼而飞。当时，我妈已经过世了，我姐当家，她抹着眼泪说，这可怎么办啊，拿什么招待人家啊。好在嫂子和我哥已经对上了眼，什么都不嫌弃，所以那门亲事就定下了。原来，那两个荷包蛋并不是用来吃的，而是穷苦岁月里的道具，所以引起了一系列的纠纷，大家首先怀疑被村子里的老光棍偷吃了，因为他在我们家里晃荡了好几圈，看着我漂亮的嫂子口水流了一长串；后来又怀疑邻居家里的那只猫，两家为此吵得不可开交，都打起来了，菜刀都拿出来了，邻居为了自证清白，想把猫的肚子破开，翻开肠子让大家看。从此，那两个荷包蛋的去向成了谜。其实，只有我一个人知道真正的谜底，至今想到都十分伤心，又免不了会心一笑。

我常常告诉人家，我不是人养的，而是鸡养的。这样的说法并不夸张，小时候家里没有粮食，没有油盐，没有衣服，经常光着屁股，更别说交学费上学了。在那么穷的情况下，我之所以能够把书念下去，全是因为家里养了几只老母鸡，它们无怨无悔地下蛋，它们下蛋并非为了繁衍后代，似乎专门为了养育我们。有好几个学期，鸡蛋在小卖部换东西可以，但是不可以卖钱，没有办法交学费，我爸就让我带着鸡蛋直接去学校，校长似乎也挺宽容，说鸡蛋就鸡蛋吧。最后万般无奈，老师为我垫付了学费，把鸡蛋提回家孝敬自己年老有病的爹娘了。

大家可能不知道，鸡这可爱的小畜生，比起猪呀狗呀，优点多多了，尤其不需要人喂养，自己活下去的能力特别强。在饥荒年月人都吃不饱肚子，哪有东西喂畜生呀，但是鸡不挑食，见啥吃啥，包谷麦子它吃，菜叶草籽它吃，虫子腐物它吃，万一寸草不生，比如大冬天的，雪花和树皮它吃，石子它也吞咽得不亦乐乎。而且它特别勤快，大清早就会醒来，瓜架下，田地边，房前屋后，甚至是房顶上，哪里都是刨食的地方，直到黄昏的时候才自己回笼睡觉。发生自然灾害的年份，很多人落下了肠胃病，比如我，就因为小时候营养严重不良，个头和侏儒差不多，头上到处都是坑，估计脑子没有发育成熟，所以又丑又笨又傻，说话行事总比正常人少拐几个弯子。但是，你见过枯死的树，见过衰败的草，见过饿死的牛，肯定没有见过饿死的鸡。鸡就算受再多的苦，依旧二十一天就出壳，三个多月就成熟，公鸡开始打鸣，母鸡开始下蛋，最多的一年能下三百个蛋，最少的也能下七八十个蛋。鸡让人敬重的，还在于低调务实，从不好高骛远。它长着鸟的样子，有一对大翅膀，还有一身非常漂亮的羽毛，但它不像麻雀鸽子乌鸦喜鹊之类的，有事没事就飞起来，站在树梢上叽叽喳喳，跑到天上转一圈，天上又没有吃的，也不能搭窝筑巢，除了显摆自己能上天以外,还有什么意义呢?

我相信,几千年前,鸡在被驯化以前,应该也是可以飞的,说不定飞得比大雁还高,比天鹅还优雅,比凤还神秘。凤为百鸟之王,头顶华冠,身披华羽,是一种神鸟,是一种灵禽,在祭祀的时候,是用来通神的。但是据考证,凤的形象就来源于鸡,而且甲骨文中就有"凤"字,古人造字的时候,通常是不会凭空捏造的,可以证明"凤"不是传说,这种动物是存在的。如今,凤为什么就不存在了呢?我判断,并不是灭绝了,而是被驯化了——凤其实就是被驯化以前的鸡。由此可见,鸡的前世是多么风光,或者在笼子里被囚禁久了,或者它已经悟出了生命的奥义吧,所以才变成今天这个样子。说实话,那些动不动扑棱棱地展开翅膀在空中飞来飞去的鸟,只能引起诗人的兴趣,而对于大多数普通老百姓来说,鸡才是人类真正的朋友。

鸡在我们心目中的地位非常高,所以由它们引起的战争接连不断。第一次战争和我有关。我当时上小学二年级,正是暑假前麦子壮浆的时候,布谷鸟"快黄快割"地叫着,村子里突然来了一个杂技团。其中有几个小丫头,和我差不多大,穿着红红绿绿的衣服,一会儿走钢丝,一会儿钻火圈,一会儿空滚翻,尤其是空滚翻,手不着地，一口气翻出一长串。当时村里没人看过武侠小说，也没有读过《西游记》，更别说动画片了，只看过电影《天仙配》，遇到这么几个小丫头呀，我就以为是腾云驾雾的仙女。那时候新一季庄稼没有收获，前一年的陈粮已经吃空了，大家一日三餐基本吃野菜。非常巧，那天的午饭，杂技团有一个小丫头，正好被派到了我们家。我姐唉声叹气，把家里仅有的半升杂面粉拿出来和了和，煮了半锅野菜杂面。杂面是在麦子里边掺进黄豆磨成的，在饥荒年月算是十分丰盛的。但是，小丫头是江南人，估计缺油少盐，加上野菜又苦又涩，她勉强吃了几口，就愁眉苦脸地跑掉了。人家是下凡的仙女呢，我很心疼地跟着跑进了门前的麦地，麦子已经快黄了，再过一头半月估计就可以收割了。小丫头摘下几个麦穗子，放在手心一揉一搓，轻轻地吹了一口仙气，就露出一把亮晶晶的麦粒子，然后扔进嘴里有滋有味地嚼着。我想，小丫头应该饿坏了，便偷偷地跑回家，把鸡窝里两个热乎乎的鸡蛋揣进怀里，拿出来塞给了小丫头。我之所以那么殷勤，是想跟着杂技团学几招，回来哄村里的人开心，最满意的是学学董永，把小丫头娶回家当媳妇，在自己干活累了的时候，让她在地里，在山上，在河边，表演节目给自己看，甚至让她带着我去天庭转一圈，省省亲，看看王母娘娘。可惜杂技团好歹不收我,没有走出村子就让人家拿着石头给赶走了。

那两个鸡蛋啊,可以换回半罐子盐,供一家人吃上半个月了。杂技团走后,我姐发现鸡蛋不见了,问我有没有看见,我装腔作势地说,是不是还没有生下来?我姐说,你听听,老母鸡还在咯咯哒、咯咯哒地叫着呢。我说,会不会被小叔拿走了?他刚刚从鸡窝边上走过去的。我姐跑到隔壁问小叔,我家的鸡蛋是不是被你偷走了?小叔说,你们家鸡蛋是什么样子的?我姐说,刚刚下的当然是热的。小叔说,你们家鸡蛋不会是方的吧?我刚刚吃了一个鸡蛋是方的,和火柴盒差不多。我姐说,我们家鸡蛋原来是圆的,不过今天有可能变成方的了,你赶紧把鸡蛋还给我们。小叔说,你这是胡搅蛮缠,我见过你们家的鸡屎,什么时候见过你们家的鸡蛋了?我姐说,你自己刚刚承认的,你说你自己吃下去了。小叔说,既然是我吃下去了,吐是吐不出来的,你干脆把我的肚子破开算了。两个人狠狠地吵了一架,为此好多年时间,遇到一起都不说话,直到我姐出嫁那天,小叔送来一床被单,才和好如初了。有一次,我爸把一捆烟叶子刨成了黄亮黄亮的烟丝,馋得小叔直流口水,就向我招招手,让我抓几把给他。见我有些犹豫,他就提起一个小秘密,我偷鸡蛋的事情，其实都被他看在眼里了，只是没有揭穿罢了。如果被揭穿，我两天别想吃饭，屁股要被我爸打开花，甚至学校都上不成了。

第二场战争是我姐自己引起的。当时村子里大多数人没有手表或者钟表，唯一掌握时间的是大公鸡。大公鸡像打更一样，掌握时间非常精准，叫第一遍为三更，是子夜，叫第二遍为四更，是丑时，叫第三遍为五更，是卯时。叫三遍天就快亮了，毛主席所说的"一唱雄鸡天下白"其实就是指第三遍。冬天昼短夜长，夏天昼长夜短，大公鸡还会根据不同情况来调整鸣叫的时间。我们村子的人赶集，比如抓头小猪，比如卖床板和药材，比如买蒜苗子和红薯，要赶到七八十里以外的河南官坡，那里有个非常大的农贸市场，当天必须打个来回，所以鸡叫两遍就得动身出门。路上黑漆漆一片，因为羊肠小道蜿蜒在树林子中间，稍微有个风吹草动，鸟就会发出尖叫，而且有些腐烂的树木会发出磷火。大家有一种说法，鬼一听到鸡叫就会躲起来，虽然这是壮胆，自己安慰自己，不过也有几分道理，因为鸡一叫，说明天马上就亮了，鬼为阴气，天光为阳气，任何妖魔鬼怪被天光一照，肯定就魂飞魄散了。

公鸡另一个用途，就是给母鸡打水，也就是配种。大家不要以为在鸡的世界里，是母系氏族社会，是无性繁殖的，老母鸡独自下个蛋，离开公鸡世界照转，那就大错特错了，如果没有公鸡的话，它们照样是要灭绝的。为什么呢？因为只有在公鸡密切配合下生出来的蛋，才可以孵化出小鸡，至于公鸡与母鸡之间，有没有爱情，有没有恩怨，那真是我们人类说不清楚的。公鸡给母鸡打水的时候，有些强人所难的味道，不管在什么场合，母鸡在干什么事情，它们瞅准机会，一下子扑上去骑到母鸡的身上，紧紧咬住母鸡的鸡冠或者羽毛，一边奔跑一边进行，有点像男女亲密的时候，霸道地一把搂住脖子。时至今天，我都以为它们配种是通过鸡冠进行的，其实人家虽小，也是五脏俱全，功能更是齐全，像繁衍生息这种事情，不仅不会省略，也不会马马虎虎。

无论充当"活体闹钟"还是配种，毕竟都是"公共事务"，是全村子共享的，而且公鸡不会下蛋，据说就是吃肉吧，肉也是柴的。还有一点酸不溜丢的味道。为了保证肉质，从古代起就有阉鸡的习惯，也就是给公鸡做节育手术，把它们的东西给割掉。做手术的时候，打来一盘清水，把工具泡在水里，揪出一只公鸡，把鸡头一扭，包在翅膀下边，它就老老实实的了。然后左脚踩

鸡

住翅膀，右脚踩住爪子，刷刷刷几下拔掉翅膀下边的鸡毛，用一把小刀切开一条口子，再用一把特殊的工具伸进口子，把鸡子从里面掏出来，最后要掰开鸡的嘴巴灌上几滴水，整个过程不能受到细菌感染，如果感染了鸡是会死的。还有一种中药的方法更便捷，这服中药里有两味，一个是白胡椒，一个是五味子，根据公鸡的大小，给它们喂上十几粒下去就行了。食用白胡椒和五味子后，公鸡开始换毛，不仅长得更漂亮，雄性特征逐渐消失，而且容易肥胖，肉质更加鲜嫩，也无任何毒副作用，还兼有胡椒和五味子混合的淡淡的体香。

不管用什么方法，公鸡被阉以后，性情立即大变，不仅不会胡骚情，浪费没有必要的体力，而且还会变得十分温顺，代替母鸡照顾小鸡。我有时候突发奇想，如果你的男人脾气太暴躁，整天跷着二郎腿吃现成的，不仅不帮忙带孩子，还动不动打你，你不要在他的饭里下毒，依照中药阉鸡的办法，给他喂一些白胡椒和五味子，会不会把他变成一个暖男呢？

毕竟太麻烦了，又是公益性质的，所以大家都不愿意养公鸡。鸡在很小的时候，就能区分公母，这主要是看鸡冠，鸡冠比较大的，威武的，颜色更鲜艳的，那就是公鸡了。所以在逮小鸡的时候，大家会挑母鸡去养，万一挑花了眼，养到不下蛋的公鸡，也会很快把它处理掉。我们村子最多的时候，不过三只公鸡，其中的一只肯定是小婶养的。小婶心好，谁家有什么急事情，只要张口，都会得到她的帮助。但是小婶喜欢养公鸡，并非为了给大家当闹钟，也不是为了当鸡种，大家猜测原因，主要有三点：一是她喜欢公鸡的样子，尤其是站在柴垛上，迎着潮红的晨曦，翘着尾巴，昂着脖子引吭高歌的时候简直太美了；二是她会绣花，她养大公鸡是当模特的，在枕头和肚兜上绣喜鹊、蜡梅或者牡丹，除此以外，她最拿手的就是绣大公鸡，孩子们都希望得到她绣着大公鸡的肚兜，因为栩栩如生的大公鸡，感觉总要叫出声来；三是小叔身体不好，喜欢睡懒觉，经常睡到太阳晒到被窝才起床，小婶抱怨的时候，他总是呵呵一笑，说家里没有钟表，自己睡过头了，所以小婶有一年还养了两只公鸡，故意提醒小叔不要偷懒。我觉得三个原因都有，因为经常看到小婶一清早就在地里忙活，稍微空闲一点的时候就坐在门枕上，看着面前的大公鸡，笑眯眯地穿针引线。

小婶养的最漂亮的一只大公鸡，也是最后一只大公鸡，是死在我姐手上的。那是初冬，还没有下雪，太阳暖乎乎地照着，我姐看到几只鸡钻进栅栏，在我们家的麦地里使劲地扒拉着，啄食麦苗子充饥。这块地是我们家的命根子，如果被毁掉了，全家人就要饿肚子。我姐喊叫着问，谁家的鸡，为什么不关起来？但是没有任何人应声。我姐一气之下，从地上拾起一块石头扔了过去，不承想一下子正中目标，其中一只鸡在地上扑腾了几下就死了。

这就是小婶家的大公鸡，它的鸡冠像一枚奖牌，它的羽毛像绫罗绸缎，它的尾巴像插着令旗，而且体形比正常的鸡大很多，走起路来不疾不徐，迈着八字步，总像得胜还朝的将军。那时候，小婶正在盯着这只大公鸡，得意地绣着那只尾巴呢，突然发现这只鸡挣扎几下就一动不动了，她一下子傻眼了。小婶翻脸了，说你个臭丫头，你得赔我们家的鸡。我姐说，你得赔我们家的麦子。小婶说，它没有吃你们家的麦子，它吃的是一把青草。我姐说，冬天哪里有青草？但是小婶纠缠不放，钱，粮食，鸡蛋，老母鸡，她都不要，非得要原来的那只大公鸡。小叔见吵得不可开交，就告诉小婶，这畜生半夜三更开始叫，吵得人睡不踏实，早想杀了吃肉，只是心软，下不了手，这下正好，可以炖汤喝了。小叔笑呵呵地提着大公鸡跑到河里，先是拔了毛，然后开膛破肚，当天晚上整个村子都飘着一股香味，惹得大家直流口水，小猫小狗直奔小叔家而来，可惜连根骨头也没有捞到，倒是有人捡起一地鸡毛制成了鸡毛毽子，供孩子们玩耍了好一阵子。

我直到十七八岁，都没有吃过鸡肉，更没有喝过鸡汤了。大人们像传说一样告诉我，鸡肉与鸡汤是大补之物，尤其是老母鸡和黑鸡，加上黑豆子和党参，放在锅里一炖，供小媳妇们喝下去，不会生娃的立即就会见喜，奶水不足的立即就会下奶，得了大病的人喝一碗，精气神立即就会恢复。但是我吃过野鸡肉，也就那么一回吧，似乎那种味道至今还在骨头里涌动不散。

那是又一个冬天，下了非常非常大的雪。在一个雪过天晴的中午，我们家门前的山坳里，突然聚积了一大群老鸹，也就是乌鸦，它们落在雪地里，黑乎乎的一片，哇哇地大叫着。乌鸦大叫，那是不祥的预兆，但是这一天，乌鸦叫起来的时候，我姐眼尖手快，立即扛着一根大扫帚爬上山，挥起扫帚赶跑乌鸦，然后从地上捡起了一只野鸡。严格来说，不是一只，也不是半只，被啄得血肉模糊，几乎成了一副骨架。原来是老鹰抓到了一只野鸡，准备美美地咥一顿的时候，遭到了乌鸦们的围攻，最后让我们捡了便宜。我姐把野鸡提回来，并没有立即炖着吃掉，而是藏在一只罐子里，等到大年三十，才弄了一些党参，切了几个萝卜，整整熬了大半锅，全家人吃了好几天。在我的印象里，那是我们家过得最好的一个春节。

从此以后，我常常竖起耳朵，听着乌鸦的叫声，稍微有了风吹草动，就按照我姐的样子往山上扑，可惜再没有捡到野鸡。并非野鸡变狡猾了，也不是没有野鸡了，而是老鹰慢慢地失踪了。没有老鹰的天空似乎变低了，顿时失去了一种豪气，也让我慢慢失去了一种美好的期待。

我曾经做过一桩得意的买卖，这桩买卖仅仅牵扯到一个鸡蛋。刚上初一的那年夏天，学校对面有一条小河，河水清清凌凌，两岸是婀娜的柳树，柳树下是柔软的草地。每天放学后，我就会去河边背诵英语单词，有一次到树下大便，提起裤子的时候，看到鸡窝一样的草丛里，躺着一个白色的东西。我以为是石头，好多石头就是这种颜色，就是这个形状。我跑过去捡起来一看，心一阵乱跳，我的妈呀，这不是鸡蛋吗？我姐曾经给我讲过一个故事，说有一个穷书生，被人推到一口水井里，不仅没有被淹死，反而在井下捡到一颗夜明珠，献给了皇上，当上了驸马爷。我拾起这个鸡蛋揣进怀里，像拾到了一颗夜明珠似的，那心情啊，真是太好了。

　　它像小鸡在啄我的心，见到任何同学就像见到公主，坐在课堂里像坐在皇宫。连着好几天，我都在琢磨怎么处理这个鸡蛋。首先希望吃掉它，好好地尝尝鸡蛋是什么味道；其次希望拿回家，交给我姐换盐；三是想交给老母鸡孵化小鸡，小鸡长大了下蛋，蛋再孵化成小鸡；四是想送给我的女同学，她很漂亮，心地也很善良，曾经偷偷地塞给我一个大苹果……我躺在被窝里，或者在厕所里，总是悄悄地掏出这个鸡蛋，一边打量一边嘿嘿地笑。秘密也许被发现了吧，有一天有个同学拉住我，让我把这个鸭蛋卖给他，二两粮票，一毛钱。原来我捡到的，不是鸡蛋，而是鸭蛋，我们村子的小河太浅，无法养鸭子，所以我从来没有见过鸭蛋。我说，不卖。他说，你嫌少？那四两粮票，两毛钱。这可是一笔巨款啊。但是他家里比较富裕，天天在外边饭馆改善伙食，食堂里的饭吃半碗倒半碗，我就提出一个外加条件，他的剩饭倒掉太可惜，以后全部归我。

　　我以为他拿这个鸭蛋干什么呢，没有想到，第六天早读的时候，他当着所有同学的面，问有没有人吃过生鸭蛋，鸭蛋生着吃更有营养，可以降火，而且更香。在一片沉默声中，他掏出那个鸭蛋，在桌子上轻轻一敲，"咔嚓"一声，壳就破了，露出一个小小的洞。他把鸭蛋高高地举起来，然后放在嘴巴上轻轻地吸了一下，再轻轻地吸了一下。但是，他又"呸"的一声吐了出来。大家发现他吐在地上的是一股黑色的汁水，而且散发出淡淡的鸡屎的臭味。他尴尬地骂道，妈的，这个鸭蛋烂了！我感到自己太幸运了，高兴地把粮票和钱全部花掉了，我姐看到四个白馒头的时候，竟然抹起了眼泪，因为我们家已经大半年没有吃过馒头了。

　　我们家每年都会孵化小鸡，鸡窝是用毛竹编出来的，底下铺着一层厚厚的麦草，放在堂屋的拐角处，光线不明不暗，也比较僻静。每年二三月，万物慢慢复苏的时候，老母鸡有了当妈妈的欲望，就开始抱窝了，比较明显的症状是，整天喜欢赖在窝里，你赶它出来的时候，它会发出哼哼唧唧的呜咽，而且像生病了似的，羽毛蓬松，精神萎靡，食欲不振，身体发烧，趴着一动不动。估计生命的孕育都相同吧，和女人身怀六甲时迷迷瞪瞪的状态差不多。如果当年不需要孵化，遇到老母鸡抱窝，为了不影响下蛋，必须把鸡窝撤走，强行赶到外边光亮的地方。如果打算孵化，只要把鸡蛋放在窝里就行了，老母鸡自己会把所有的鸡蛋揽到身子下边，用翅膀紧紧地抱住，然后一动不动地不分昼夜地开始工作。它和天下所有的母亲一样，神情是那么神圣，那么幸福，那么警觉，会时不时地睁开眼睛环顾左右，看看有没有什么异常情况。在抱窝的过程中，它轻易是不会离开的，除非实在饿得不行了，才会急急忙忙地爬起来，随便找点东西垫垫底，立即就会赶回去。它心里明白，如果离开时间太长，那些小宝贝就凉了，更害怕有人搞破坏，尤其是黄鼠狼，它们偷鸡蛋的办法绝对高明又滑稽可笑。据我姐亲眼所见，因为鸡蛋太大，又圆滚滚的，凭一只黄鼠狼根本无从下手，但是它们可以相互配合，由一只抱着鸡蛋躺在地上，同伴咬住它的尾巴，慢慢拖走就可以了，至于如何打破鸡蛋，如何分赃，来享受超级大餐，就不得而知了。

老母鸡坚持二十一天，鸡蛋就会裂开一条缝，这是小生命出生的信号，它们用细小的嘴不停地啄着，有些需要啄几百下，甚至是几千下，才会见到一丝光亮，然后凭着自己弱小的力量破壳而出。这既是一种磨难，也是一种希望。我姐曾经拿起一个孵化的鸡蛋放在我的耳边，让我仔细地听一听，开始没有什么动静，但是慢慢地静下心来，就听到了轻轻的声音，像一滴滴春雨落下来，叩击着一扇春天的窗户，那么生动，那么空灵，那么执着……每次回想到那种声音，我的眼睛就会湿润。

小鸡出生以后，羽毛未干，身体单薄，又是春寒料峭时，它们还无法独立生存，要想活下来是离不开老母鸡的照料的。老母鸡虽然没有乳汁，但是在所有动物里，它的爱非常出名，像披挂上阵的巾帼英雄，咯咯咯咯地带着叽叽喳喳的士兵去田野，教它们如何觅食。小鸡遇到了危险，它会张开翅膀，伸长脖子，扑上去呵护着，这是它一生中唯一一次战斗，凶猛，无畏，甚至有些撒泼，直到击退敌人为止。如果遇到寒冷，尤其是黑暗的夜晚，它会把孩子们藏在羽毛里，那是温暖而又安全的怀抱，孩子们有时候会露出一个头，幸福而好奇地打量着世界。我妈过世早，没有妈妈的日子是孤单的，是痛苦的，衣服破了，需要自己缝补，肚子饿了，需要自己生火做饭，在外边受到欺负，也没有可以撒娇发嗲的怀抱，以至于我姐非常羡慕那些小鸡，每次看到那群小鸡就对我说，下辈子啊，我们都去做一只小鸡吧。

小鸡满月以后就完全独立了，老母鸡从此淡出了母亲的地位，与任何一只鸡都平等相处，尤其不会以家长的身份要求小鸡怎么处事，怎么回报，显得非常无私。

可惜到了工业化时代，小鸡就不如我们幸运了。我在农业学校畜牧兽医专业四年，其中有一门重点课程是养鸡，由于家里一直养鸡，和鸡又有千丝万缕的关系，最后一学期毕业实习，我被分到了一家养鸡场，专门负责孵化方面的工作。这对别人是一项轻松、亲切而又浪漫的任务，却时时引起我的伤感，原因是当生命变成一种产品的时候，就背离了自然的规律和其中隐含着的意义。

这家养鸡场位于郊区的一个农场，被庄稼地和大山包围着，每到天黑以后，是望不到任何灯光的。养鸡场已经机械化了，厂房里放着几台巨大的铁疙瘩，在那里衡定地工作着，我的工作程序很简单，把鸡蛋消毒后放进孵化器，严格监测温度、湿度和通风，每过两小时帮助鸡蛋翻一下身。中间最重要的是照蛋，整个孵化期里需要照三次，把一些无精蛋和坏死蛋挑出来。我最喜欢的是照蛋，把一个个鸡蛋举起来，拿手电筒对着一照，像给婴儿做B超一样，会清晰地看到小生命的样子。它们从一个红色的血点开始，再慢慢出现卷曲的形体，最后长出稀疏的羽毛，这种生长发育的轨迹，像自己的孩子孕育的过程，让人充满了幸福感。经常有同学跑过来，搜罗未出壳的小鸡，直到毕业以后我才知道，他们把这些小乳鸡放在锅里一炸，变成了奇妙无比的美食。毕业的时候，我拒绝留在养鸡场工作，之所以产生抵触情绪，主要是因为小鸡孵化出来以后，一下子变成了无依无靠的孤儿，不仅得不到老母鸡那样的呵护，而且还被喂养了许多含抗生素的饲料，所以死亡的概率很高。这时候，我才知道，离开爱的生命，原来那么脆弱，那么不堪一击，一阵寒流，或者一次瘟疫，就会摧毁它们。

有两个和鸡有关的趣闻都发生在毕业以后。第一件是毕业找工作的时候，按理说我们是国家包分配的，大家还是纷纷找关系，有些想留在市里，有些不想和畜生打交道，想改行进入政府机关。而我们家八辈子都是农民，亲戚里没有出过半个村长，但是我不甘于命运的摆布，千方百计地打听到一个干部的名字，这人是县文化局局长，我和他真正的关系是，我二姨娘二婚的时候，嫁到了他老家的那个镇，我去二姨娘家走亲戚的时候，要从他家门前的那条小河对岸经过，除此以外再无任何瓜葛了。有了这层关系，我十分兴奋，和我姐商量带点什么东西，去求人家帮我一把。我姐想了很多办法，金银财宝我们没有，香菇木耳人家不稀奇，鸡蛋在路上容易打碎，我姐最后咬咬牙，逮住了一只正在下蛋的老母鸡。

这位局长住在政府家属楼的三层，我是趁着天黑的时候才提着老母鸡鬼鬼祟祟进城的，谁知道刚刚走进院子，老母鸡竟然咯咯地叫起来。我怕走漏了风声，使劲地捂着口袋,等爬到二楼楼梯口,也许小畜生在装死吧,竟然一点动静都没有了。我又怕老母鸡被捂死了,送人家一只死鸡不吉利,所以打开口袋看了看,突然之间,它一扑腾,从口袋里跳出来,然后爬上了二楼窗台,不等我回过神呢,它已经跳楼了,转眼就不见了踪影。我空着手,沮丧地敲开局长家的门,好在局长听我简单聊了聊自己的想法,随后向人事局建议,把我分配到了镇文化站,当了一名文化干事。

文化站处于川道,离县城五十多里,在一条小河边有三间大瓦房,里边有不少图书,我除了被抽调参与计划生育以外,大部分时间关起门,在里边看书写诗。大概过了一年多时间吧,我意外地接到一纸调令,被调往县委机关工作去了,事后才弄明白,镇委书记升为办公室主任,我们并不熟悉,但是他认识我,知道我会写文章,又喜欢看书,就拉扯了我一把。

我能调到县委机关工作,这在同学中间,尤其在村子里,引起了很大的轰动,大家纷纷传说,我当了县长了,起码是未来的县长,所以纷纷跑过来看望我,遇到什么案子呀、急事呀,都托我帮忙。有一年夏天,大堂兄突然来了,估计是侄子马上高中毕业,想考一所理想的大学吧。他在我宿舍里坐了半天,不停地感叹说,我能有今天，是老坟埋得好。大堂兄嘿嘿一笑，说老坟的地址是他选的，当年改河修地，生产队要求把老坟迁走，他就选择了九龙山，上山没有路，他就修了一条路，用背篓把老太爷的尸骨背上山，埋在了龙头上。大堂兄走的时候留下一篮子东西，我揭开一看，全是鸡蛋。大堂兄说，你吃食堂，没有地方下厨，所以都煮熟了。这是一份非常厚重的礼物，估计有三四十个吧。当时天气非常热，又舍不得送人，虽然早午晚各吃一个，但是吃到最后，掰开的时候已经变成黑色的了，而且有一股臭味。我还是舍不得扔，坚持一个不剩地吃光了。估计人生大凡如此吧，做梦都想吃鸡蛋的时候，却没有一个鸡蛋属于我，终于可以尽情地吃鸡蛋了，却一下子吃伤了。

前几年，我回去探亲的时候，发现我姐租了几亩地，竟然开起了养鸡场，一下子养了几万只鸡。养鸡的那些日子，我姐太辛苦了，每天天不亮就要喂鸡，还要给鸡打疫苗，好在这些鸡不需要自己销售，别人提供小鸡和饲料，等养大了再回收，五块钱一只，扣掉成本，每只能赚一块钱。我姐告诉我，她养的鸡只需要四五十天就可以出售了，据说全部拉到了城市。每次看到那些快餐店里的鸡腿呀、鸡翅呀，都是孩子们喜欢的食品，我都能想到我姐。这些食品会不会出自我姐之手呢？最令人心酸的是，我姐养一只鸡赚一块钱，而城市里的一只炸鸡翅就要好几块。有一年秋天，我姐哭着打电话给我，说是养鸡场发生了鸡瘟，几万只鸡一夜之间就死掉了，欠了一大笔小鸡和饲料的费用。我给畜牧站的同学打电话让想想办法，又打电话给老板希望分担一部分损失，但是最后都没有任何回音。

每年春暖花开的时候，在好多公园门口都有人摆摊子卖小鸡，都会听到叽叽喳喳的叫声，每个都是毛茸茸的样子。那么弱小的生命，竟然成了孩子们的宠物，也可以说成了他们虐待的对象。他们把这些小鸡带回家，拔它们的毛，撕它们的翅膀，甚至放在开水里烫，这多么残忍啊。有一次，我也心血来潮，买回来两只小鸡，放在一个纸箱子里，下边铺着一层海绵，撒了一把小米，心想一旦养大了，看到母鸡热乎乎地下蛋，听到公鸡喔喔地打鸣，在异地他乡是多么开心。不过，养了不到一周，半夜下班回到家，发现叽叽叽的声音不见了，纸箱子也不见了。再问丈母娘的时候，她告诉我，本来放在窗台上，想让它们晒晒太阳的，没有想到它们从纸箱子里翻出来，掉到楼下去了，十几层楼啊，应该摔死了。我赶到楼下，找了半天，生不见人死不见尸。丈母娘曾经抱怨臭气熏天，极力反对在家里养鸡，我怀疑是不是被她放生了。

所以从那天开始，我经常去对面的绿化带散步，特别注意花丛中、树荫下，希望自己走着走着就遇到了它们，它们还好好地活着，像遇到自己一样，心里就踏实了。

那片绿化带中间有一个小湖泊，有一次看到两只动物在芦苇荡里游来游去，别人猜测是野鸭子，我更相信就是它们，它们学会游泳了而已。我每次提起那两只鸡，丈母娘就安慰我，说你想吃鸡肉和鸡蛋，我从市场上多买一些回来就行了。她哪里知道，我想养的并不是鸡，而是自己的影子，是已经逝去的青春岁月和无尽的乡愁。

鸡，这个来自于远古的"凤"，是多么亲切的一个词，多么美好的一种形象，却被时代无情地给糟蹋了，我们在大街上不敢喊它，如果拿鸡比喻某个人，尤其是女人，大家首先联想到的，已经不是那群可爱的小家伙，恐怕是霓虹灯下出没的一群人。这难道不值得悲哀吗？

第八章 蛇

蛇

蛇是通灵的。蛇低调而神秘，我们不知道它们从哪里来，又跑到哪里去了，冬天在哪里冬眠，夏天在哪里睡觉，它们冬眠和睡觉的时候会不会做梦，关键是它们上辈子干了什么，下辈子会托生成什么。我看到它们出没的时候，把草丛划开一条缝，沙沙地带着风，见首见尾不见身，感觉和神仙下凡差不多。别以为横着走路的，和蜈蚣、螃蟹一样，满身都长着手足。其实不然，人家蛇根本没有手足，也许原本是有手足的，只不过在进化过程中，长期不做偷鸡摸狗的事情，就慢慢地蜕化掉了。它们的生活习性，也确实和神仙一样，既不食人间烟火，又守着清规戒律，从来不在公开场合嬉戏，更别说亲热和交欢了，而且因为没有手足，所以从不客套，不握手，不拥抱，吐着的那条信子，实在是没有办法，世界太险恶了，这是它们唯一的武器，仅仅是防卫用的。

我对蛇的了解比较皮毛，从来没有看清楚它们的脸，也没有和它们对视过，不知道它们的目光里，是女人的温柔多一些，还是老人的慈祥多一些。我这辈子仅仅抓过一次蛇，是小时候在门前的小河里摸鱼，轻轻拿棍子在石头下边一捅,听到哗哗啦啦的响,以为有很多鱼,把手伸进去一摸,我的妈呀,小河里竟然也有大鱼,逮出来一看,一下子傻了,不是一条鱼,而是一条蛇,一尺多长,黑色的,应该刚刚生出来,浑身都是凉丝丝的。原来,蛇是通水性的,而我一点不会游泳,见到稍微深一点的水潭子头就晕,所以就有些佩服蛇了。我和蛇最亲密的接触是因为蛇皮,我们家装化肥、装粮食用的全是蛇皮袋子,白色的,网状的,我以为是蛇皮做的,直到有一天在阁楼的大梁上,看到挂着一条真正的蛇皮,我胆怯地伸手摸了摸,才知道蛇皮很轻很薄,又光又滑,像一条富有弹性的半透明的裙子。

在所有动物里,包括蚂蚁,也包括大象,我还是最害怕蛇。蛇的历史非常悠久,在白垩纪时期就已经遍布全球了,而一亿年前人类是什么样子,我是想象不出来的。所以我对蛇的这种害怕心理,在远古时代就存在了,据许多不同的古籍记载,女娲和伏羲都是人面蛇身,包括水神共工、火神祝融也是以人蛇形象出现的。我推断,这并非人们凭空捏造出来的,而是女娲伏羲本来就豢养了一条蛇,这条蛇有碗口那么粗,整天缠绕在他们身上,头搭着他们的肩膀吐着信子,远远一看,不就是人面蛇身吗?像山大王喜欢养虎,女巫喜欢养猫,神仙喜欢养鹿，目的都是一样的，要引起人的敬畏之心。养这么一条蛇好处很多：一是可以增加震慑力，以为天生就是异相之人；二是为了保护他们，万一遇到袭击，蛇可以出口相救；三是可以作为他们的坐骑，在洪荒时代，到处都是洪水和沼泽，而蛇不仅速度快，又水陆两栖，是最佳的交通工具。

我们村里的大部分人都敬畏蛇，只有一个人不害怕蛇。他姓柳，是我的表叔，不仅样子非常像老鼠，神态也像觅食的老鼠，头发是灰色的，下巴是三角形的，走路的时候头朝前戳着，身体还在门外，头早早地伸进了门里，眼睛贼溜溜地转着，鼻子不停地抽着。蛇应该是老鼠的天敌，没想到却反过来了，表叔这只"老鼠"倒成了捕蛇高手，蛇一旦遇到他就倒了大霉，基本逃不出他的手板心。他逮蛇的时候我亲眼见过，那条蛇两米左右，发现不妙扭头就跑，刚刚进入一片乱石岗，还没来得及钻进石缝，表叔一个箭步冲上去，说时迟那时快，伸手一下子掐住了蛇的脖子，然后提起来，像挥舞鞭子一样，从上往下用力一甩，"啪啪"的两声，蛇就被制服了，像绳子似的软塌塌的了。表叔说，逮蛇必须眼明手快，具体就两个字，准和狠——准确地掐住蛇的三寸，掐得太前了，蛇容易挣脱，掐得太后了，蛇容易扭头咬人；狠狠地提起来一甩，蛇的脊椎被甩断了，立即就瘫痪了。表叔解释，这样逮住的是活蛇，活蛇价钱高。如果不小心被蛇缠住，那就非常危险，必须置蛇于死地，很简单，打七寸，那是蛇的心脏。

我们从来不要蛇的命，没有人认为蛇是可以吃的，即使是闹饥荒的年月，哪怕吃草皮树根，也从来没有人去吃蛇。因为老家有一种说法，蛇是神仙身边的动物，是通灵的，如果出门遇到蛇的话，那是非常吉利的，尤其春天的时候，蛇刚刚苏醒过来，你出门遇到了它，意味着这一年要行大运。蛇和上天之间确实有着某种联系，所以这种说法非常灵验，上山采药的时候，你一旦发现了蛇，在百步之内就会采到名贵药材，比如灵芝，比如天麻，比如人参，守护着灵丹妙药似乎是神仙派给蛇的任务。我从科学的角度分析，适合名贵药材生长的地方，肯定都是天地精华汇聚的地方，蛇喜欢在这样的气息中栖息也是自然的，而且名贵药材是一种诱饵，能吸引许多小动物，就成了蛇的美食。

我对蛇也是有幻想的。我们村子有一座九龙山，逶迤得真像九龙夺珠似的，龙头有一个悬崖，上边埋着我们的祖坟，下边有一眼泉水，冬天冒着热气，夏天凉得瘆牙，中间有一棵大松树，形状像一根龙头拐杖，四季云雾缭绕，紫气腾腾。相传大松树下边盘着一条蟒蛇，有碗口那么粗，守着一株灵芝，穷苦人家办红白喜事的时候，只要在下边烧几炷香，它就会吐出几桌酒席来。有那么几年闹饥荒，整个村子饿死了不少人，大家就跪在下边求情，它吐了一天一夜的鱼，救了很多人的命。我曾经问过表叔，假的吧？表叔说，怎么会是假的！有的几寸长，有的几尺长，如果没有这些鱼，你妈被饿死了，那就不可能生你了。我说，如今蟒蛇呢，被你逮去卖掉了吧？表叔说，我逮几条小蛇可以，我哪有那本事啊。听说有一年冬天，那株灵芝不见了，估计被人偷走了，蟒蛇一生气，钻进泉眼里去了。那阵子正在演《新白娘子传奇》，所以我进山砍柴、挖药、放牛，特别喜欢从这里经过，泉眼旁边有一块石板，每次经过的时候，我都会坐下来休息一会儿。说实话，这时候的心情很复杂，可以说是又害怕又期待，害怕蟒蛇突然冒出来咬我怎么办。又期待它已经修成了仙女，像白素贞那么漂亮，会那么多法术，又那么善良，她如果发现我这么勤快，也许像喜欢许仙一样喜欢我，而且做了我的媳妇，那应该会多么幸福啊。后来长大了，懂事了，才明白那只是人们对美好生活的向往。

某一年春天，太阳特别特别灿烂，整个山坡都开满了连翘花。我远远地看到一条蛇，胳膊那么粗，金黄色的，静静地盘在一棵大树上。它是我见过的最大的，也是最漂亮的蛇，它看到我的时候，和以往的反应不一样，没有慌张地逃跑，而是抬了抬头，似乎认识我，给我打了一个招呼，然后慢慢地游进草丛不见了。我把四周都找遍了，除了几株柴胡、苍术这种普通药材以外，并没有看到名贵药材的影子，我估计还没有出苗吧，所以从那天起，经常往这座山上跑，可惜再没有发现什么意外。我把看到大蛇的事情告诉了表叔，表叔有些吃惊地望了望我，第二天我吃过早饭上山采药的时候，表叔就笑嘻嘻地跟着我，问大蛇出没的地方在哪里，想去看看有没有药材。我感觉他不怀好意，故意把他带到另一座山上。表叔像老鼠一样抽着鼻子闻了闻，然后怀疑地说，这里怎么可能有大蛇呢？我说，为什么不可能呀？表叔说，这座山没有水，没有悬崖，树林子也不大，大蛇睡觉的地方都没有，怎么安家啊？我说，说不定它在串门子。表叔说，蛇又不像你，还有一个表叔，还有一种可能，你是骗我的。我说，我为什么要骗你？他说，你怕我把大蛇抓走了，但是你想想呀，它哪一天遇到你，再一口咬住你，你就惨了。

我并没有上当，因为在村子里，蛇伤人的事情还没有听说过。

我看到大蛇的事情，在方圆几个村子很快就传遍了，大家都意识到有什么事情将要发生。直到几个月以后，吉兆又一次应验了，我小学毕业的时候，以全区第一名的成绩被重点中学录取了。表叔把成绩单从镇上捎回来的时候又一次问我，你真的看到了一条金蛇？我说，真的。表叔说，地方有没有骗我？我说，骗了。表叔笑着说，表侄子，你是对的，你好好念书吧，一定会有出息的。但是，继续上学的事情遭到了我爸的反对，他要求我必须回家和他一起种庄稼。当农民的辛苦是常人无法想象的，在烈日炎炎之下，锄草，挖地，每年至少要脱三层皮，尤其收割麦子的时候，脖子和胳膊被麦芒刺破，再遭到汗水的浸蚀，和在伤口上撒盐一样疼痛。大冬天农闲的时候，那么小小的年纪，天不亮就得起床，背着木炭、床板或者木头，去几十里以外的地方赶集，最难受的是衣服刚刚被汗水浸湿，被一阵寒风一吹又结成了冰……每次无法忍受的时候，那条大蛇就在我脑海里出现，它似乎一直在提醒我，它预言的事情还没有来临。

终于到了农历八月，我和我哥背着蒸笼去赶集，想换取一点路费，再去河南的金矿淘金。走到三要镇的时候，太阳快要落山了，我的脚已经磨出了几个水泡，我哥就拦下一辆拉矿石的大卡车。那是我人生第一次坐车，也是第一次看到那么宽的公路，路两边是青青的白柳树，在呼呼地朝后奔跑，把天空切割成一条蓝色的飘带。我哥得意地说，第一次跑得这么快吧？我说，不是的，是第一次像麻雀一样飞起来了。我哥说，明天早上，你还能看到更大的跑得更快的会发出哐当哐当声的火车，也能看到最小的三个轮子的蹦蹦车。我真想问，车到底大了好，还是小了好，是有响声好，还是不响好。我哥又说，你坐在屁股底下的，就是我们要去淘的金矿。我看着这些与我们那里没有区别的石头，好奇地问，这么多啊，都是金子吗？我哥拿起一块看了看说，如果都是金子的话，拿一块就可以娶一百个媳妇了，我们村子所有女人加起来也没有一百个。我说，那我们偷一块回去吧。我哥笑了，你个娃娃蛋子，哪有这么容易啊，这些都是矿石，要很复杂的手续，才能碾出金子来的。这一车啊，能碾出不到一两的金子吧？我问，一两金子是多少？同行的人说，你哥的两个蛋子怕只有一两。我还没有来得及细想，只听到"呼啦"一声，什么事情都不记得了，生命在那一刻永远变成了空白。不知道过了多长时间，我的感觉世界是颠倒过来的，不然那条被我踩在脚下的小河，为什么会哗哗啦啦地从我的头顶流过呢?

我睁开眼睛的时候,已经住在了医院里。有人告诉我,在翻车的那一瞬间,我哥使劲推了我一把,我得救了,而我哥来不及跳车,被压在车下过世了。我在医院里整整住了一个月,天天拍打着脑袋撕心裂肺地喊叫着。每次一喊叫,就有小护士跑过来给我打吊针,其中有一个小护士问我,你这么小,为什么不上学呢?上学就不用种地、不用放牛了呀。这段对话,第一次启迪了我,让我终于明白人生除了种地、放牛、挖药,还有另外一条路可以选择。我扯掉输液的针管一口气跑回了家。那天下着大雨,真是倾盆的大雨,我把上学的想法说出来的时候,依然遭到了我爸的强烈反对。我爸的意思很明确,上学有什么用啊?我说上学可以考大学,考上大学就能吃商品粮,就没有农民这么苦了。我爸说,你以为大学是放羊的?这些话都是谁告诉你的?我弱弱地说,那条大蛇……我爸说,我看你被妖精迷住了,我这辈子看到过的蛇不下一百条,我怎么没有考上大学?我说,我看到的蛇不一样。我爸说,怎么不一样?我说,它是金色的,而且很大。我爸很生气,出门挑水的时候,扔下了一句话,上学可以,你自己供自己。

我披着蓑衣,翻过两座大山,跑了四十里路,赶到中学找到了校长,哭着告诉校长"我想上学"。那时候已经入秋,天气已经转凉,校长很激动地说,开学一个多月,我们一直在等你,以为你不来了呢。校长很照顾我,把我安排在他女儿任班主任的初一二班。重新进入学校以后,我学习十分刻苦,成绩总是全校第一名,但是我付出的艰辛,比平常人要多得多。因为我爸的反对,我暗暗发誓,无论遇到什么情况,我尽量不花家里的钱,要自己赚钱养活自己来上学。

那时候实行六天制,吃住都在学校里,星期六下午回家,星期日返回学校的时候,要背一袋子玉米楂,交给食堂验收过秤,再换成饭票。学校食堂仅有一口大锅,估计直径有两米,锅铲子是一把种地用的铁锨,搅棍是一根扁担。每天早晨十点一次,下午四点一次,给我们煮两顿饭,两顿都是玉米糊汤,糠呀皮呀都掺和在一起,而且每个人限量一碗,也不提供任何蔬菜,只能就着自己从家里提来的一桶酸菜。家里日子好过一点的,每周还会带一点干粮,比如锅盔呀烧饼呀。我带的干粮基本是炒玉米花,每天晚上饿了,就从箱子里抓一小把,躺在被窝里嚼一嚼,咯嘣咯嘣的声音经常会招来嘴馋的老鼠。为了逗老鼠开心,我偶尔扔一粒过去,等它正要吃的时候,再扔一只鞋过去吓它一跳,自己乐得哈哈大笑一通。可以这么说，除了酸菜有点咸味，是不沾盐和一滴腥荤的，尤其是每个星期的最后两天，酸菜和干粮都吃完了，日子实在太难过了。夏天还好受一些，半夜三更太饿了，就爬起床找吃的，学校外边有一块菜地，基本种着疙瘩白，偷偷地跑过去拧一个，躲在院墙下边一叶一叶地摘下来吃，那种甜丝丝的味道啊，恐怕只有兔子能体会了。初二的那年冬天，草皮树根都吃不到，就开始使劲地喝水，水喝多了晚上总是尿床，又不好意思拿出去晒，只好再一点点蒸干。后来，实在饿急了，像老鼠一样到处溜达，学校大门外边有一条街道，开着两家小饭馆，有一家是卖馒头的，他们把馒头码在蒸笼上，热气腾腾地摆在门外边，有两次实在禁不住诱惑，就靠过去偷了两个。

有同学给我出了一个主意，小饭馆里收柴火，一百斤八毛钱，于是每天放学以后，我就带着小斧头上山砍柴。柴火都是有主人的，为了不被人家抓住，就尽量跑得偏远一点，大概有八九里吧，所以每次背着柴火下山，天都黑了。去小饭馆的路上要经过一个疯子，他总是站在街道中间，手中提着一根棍子追打行人，我背着柴火穿过那条街道的时候，为了防止被他追赶，会低着头，疯狂地朝前飙，有几次摔倒了，被吓得张嘴大哭。不过，幸福时刻马上就要到了，柴火被过秤以后，能拿到几毛钱和几两粮票，然后就地坐下来吃一碗清汤面，一毛钱一两粮票拳头那么大一碗，几根面条漂在面汤上，里边泛着点点葱花。他奶奶的，这真是人间最丰盛的美味，每次吃完面条回到宿舍，躺在床上可以回味好几天。

我就是在这样的处境下，见到了数也数不清的蛇，不过这些蛇都是死的。学校后门外边是两条小河交汇的时候冲击出来的一个沙滩，有一天下午，吃完食堂以后，我去小河里洗碗，这时候随着一阵风，飘来一股浓烟，中间还夹杂着香味。这香味很特别，是我从来没有闻过的。我远远地望过去，看到沙滩上支着几块石头，中间生着一炉大火，火上架着一个铝锅，里边正在煮着什么。我们班一个同学走过来，给我的碗里盛了小半碗。我问这是鸡腿吗，他说不是。我问这是鱼吗，他说不是。我说，这是什么香味，我怎么没有见过呀？他说，这是蛇，你当然没有见过了。我听了他的话，吓得一哆嗦，碗就丢在了地上。我很意外地说，你们胆子也太大了，怎么敢吃蛇呀？他说，蛇是死的，有什么不敢吃的？我很生气地说，你们怎么敢杀蛇呀？他告诉我，蛇不是他们杀的，是从县城来的药材贩子杀的，这个药材贩子收购了很多蛇，把它们吊在树上，剥掉蛇皮，取掉蛇胆，把蛇肉就扔掉了。

我在小旅馆的后院里见到了药材贩子,他剃着光头,和表叔长得挺像的,但是绝对不是表叔,表叔的身上没有他那种杀气。他的背后已经剥掉皮的蛇肉码得像柴垛一样,旁边还有很多不停蠕动的蛇皮袋子,里边装着刚刚收购来的蛇。他从袋子里摸出一条吊在了树上,然后操起一把尖刀……我不敢再看下去了。那天晚上,我在小旅馆的门口徘徊了很久,我不是想偷蛇肉,而是想把那些还没有被剥掉皮取掉胆的蛇放掉,但是我没有那种勇气,也不知道为什么要救它们。

我至今都不明白,这些蛇的死意味着什么,不过有一点可以肯定,我的命运拐了一个弯。最后一年夏天,在期终考试的时候,我考了全区第一名,是学校唯一一个被录取的学生。学校非常高兴,召开了一次颁奖大会,开会的地方选在电影院,说是全镇最豪华的建筑,其实就是五六间大瓦房,墙是泥巴刷的,戏台是泥巴砌的,地面是泥巴铺的,走在上边会扬起厚厚的尘土。学校那次颁奖,除了有一张奖状以外,奖品是十斤大米。在每年大年三十晚上才能吃一顿大米饭的年代,这是多么了不起啊。这事很快就传遍了方圆几个村子,大家教育孩子学习的时候,都会以我为榜样,好多大姑娘找对象的

蛇

时候，都暗暗地以我为标准。我爸被直接吓哭了，他老泪纵横地捧着大米说，这么多大米呀！这么多大米呀！我儿子出息了。我得意地说，你现在再看看，上学有用不？我爸说，太有用了，你就好好上学，哪怕上到联合国，我把一把老骨头卖掉，都要好好供着你。

开学前夕，大家为我送行，我爸好好蒸了一锅大米饭，准备了一桌酒水。那天表叔也来了，他坐下来喝了几杯酒，然后神秘兮兮地告诉我，你知道你为什么能考第一名吧？我说，因为我学习好呀。表叔说，有时候学习再好有什么用？因为你看到了一条大蛇，是它给你带来的运气。按照表叔的意思，我的成绩不是我考出来的，而是那条大蛇帮我考出来的。表叔把我送到村口，从怀里摸出十块钱给我，我推辞了半天，问从哪里来的，表叔说，我啊，这几年已经不抓蛇了，你不要以为这是抓蛇卖来的。

随后，据我爸传来的消息，抓了半辈子蛇的表叔，确实不再抓蛇了。表婶一直不生育，吃了不少草药，也拜过不少送子观音，直到晚年的时候才领养了一个儿子，取名柳改姓。柳改姓非常聪明，据说是过目不忘，学习成绩非常好，和我当年一样，每次考试都是第一名。但是自从不抓蛇以后，表叔的生活来源断了，日子过得更加辛苦了，干脆让儿子回家种地算了。当时听到消息，我觉得非常可惜，放暑假回家的时候，我找表叔谈了谈，表叔只有一句话，都是命。我想找柳改姓谈谈，把自己养活自己的经历告诉他，希望他重新回到学校念书，他再有什么困难，我马上毕业了，就可以资助他了。但是柳改姓不在家，表叔告诉我，已经去韩城煤矿挖煤去了。又过了几年，我被分配了工作，愿望实现了，吃上了商品粮，偶尔再打听柳改姓的消息，说他已经成家了，明明是家里的一根独苗，却成了上门女婿。媳妇是韩城煤矿旁边的，连着生了两个孩子，老大是闺女，跟着人家姓黄，老二是儿子，跟着表叔姓柳，总算是续了一门香火。

命运总是曲折的，像蛇爬行的线路一样。好多年后的春节，我回家过年的时候，看到表叔坐在村口晒太阳，头发已经掉光了，胡子已经全白了，人迷迷瞪瞪地打着瞌睡。我叫了几声表叔，他才慢腾腾地抬起头，半天不认识似的呵呵一笑，说你这当官的都回来了。笑完了，他又一边张望着村口一边抹着眼泪说，我在等改姓他们呢，这些孩子不知道什么时候回来。那年春节，我也一直在等柳改姓，已经好多年没有见面，不知道变成什么样子了，媳妇漂亮不漂亮，孩子乖不乖，煤到底是从地下多深的地方挖出来的，每次听到透水、塌方、瓦斯爆炸的消息，我就会担心他，想提醒他注意安全。但是直到正月初七离开，也没看到柳改姓的影子，而表叔依然如故，天天坐在村口，遥遥无期地等待着。我爸悄悄地告诉我，改姓和表叔吵了一架，估计永远不会回来了。

我追问了半天，终于弄明白了原因。当年放暑假的时候，柳改姓忙着要下井挖煤，媳妇又生病了，就把两个孩子送回来，让表叔帮忙带一带。有一天，表叔和表婶抽出半天时间去收土豆，因为路太远了，就把两个孩子放在家里，让他们自己玩。后来表叔背着土豆刚刚进村，就听到孩子的哭声，急急忙忙跑回家一看，不禁被眼前的情景吓傻了——门前有一块玉米地，玉米已经长到一人多高，小孙子静静地躺在玉米地里，嘴角吐着白沫，胳膊肿得像大腿那么粗，浑身都是黑紫色的，孙女正坐在旁边哇哇大哭。表叔抱起小孙子，朝着镇医院扑去，几十里山路啊，他一边跑一边哭，终究还是晚了，小孙子被送到医院的时候已经断气了。表叔抱着小孙子的尸体回到村子，在九龙山上整整坐了三天三夜，头发一下子就掉光了。柳改姓很生气，把怨恨都撒在表叔身上，指着表叔的鼻子大骂一通，不像骂自己的父亲，倒像骂一个毫不相干的人，说表叔活该要断子绝孙。柳改姓回到韩城，把自己的名字都改掉了，不再姓柳，恢复姓杨,叫杨志高。大家都劝表叔,孩子身上没有任何伤口,估计是吃了毒蘑菇中毒死的,因为那年夏天多雨,玉米地里长了很多大蘑菇,红的,黄的,蓝的,非常鲜艳。但是表叔坚称,这都是报应,自己抓过太多蛇,孙子是被蛇咬死的。

这件意外发生以后,表叔不仅不抓蛇了,而且每次看到蛇的时候,生怕吓着了它们,会立即停下脚步,像啧啧地呼唤小狗一样,对着它们招招手。如果你拿石头砸蛇,他还会和你急,似乎蛇是他生养的。

说来也真是奇怪,我结婚本来就晚,媳妇又迟迟不孕,搞得我爸非常着急,不停地打电话催我们,赶紧给他抱个孙子,不然的话就和表叔一样死不瞑目。表叔那时候已经过世,是在九龙山上摔死的,据说他经常爬到半山腰,也就是传说盘过大蛇的地方,坐在那棵大松树下抽烟,有一次下大雪,他从上边滑下去,掉在下边的泉水边,被人发现的时候,尸体已经被冻成了冰块。

我为了有个孩子,可以说想尽了办法,拜观音,喝中药,隐居空气清新的深山老林,甚至想到了试管婴儿。但是,确实像上天注定,缘分到了的时候,生孩子简直就是睡一觉的事情。我们结婚整整七年后的那年春节刚过,在万物复苏的时候,蛇恰好准备出洞的时候,媳妇突然出现恶心呕吐，去医院一化验，天啊，不是病了，是害喜了。我猛然醒悟，这孩子不早不晚，选择这时候来人间报到，肯定是有原因的，原因是什么呢？这一年正好是蛇年，我们竟然生了一条小蛇。

小蛇出生以前，我们专门去动物园看了看，想更多地了解一些有关蛇的知识。动物园为了应景，正好搞了一个蛇展，银环蛇，金环蛇，赤练蛇，黄金蛇，眼镜蛇，网纹蛇，有几十个品种的几百条蛇，但是我搜寻好多遍，都没有看到小时候的那种蛇，估计我们村子里生长的蛇，都太普通、太平常了，是没有资格进入展览馆的。再回过头一想，这些蛇都是被关在笼子里的，是没有自由的，是脱离了自然的，应该已经失去了灵气。这和手机一样，不在服务区，和天地神灵是接不通信号的。

哎呀，在参观的时候，我心里突然产生了一个疑问，问了好几个人都得不到答案，这个问题就是，蛇到底是怎么繁衍后代的呢？

2020 年 3 月 26 日初稿
2020 年 6 月 18 日改定

后记

人与动物共同的语言是爱

陈仓

我在替动物们说话,我不能给动物们丢脸

你创作《动物忧伤》(原题目为《动物万岁》,首发于《中国作家》2021年第4期)的灵感来源于哪里?

我是一个放牛娃出身,又学了四年畜牧兽医专业,而且我们家在秦岭南麓,过去自然环境比较好,狼、蛇、老鹰、麋鹿、獐子、野猪、锦鸡、果子狸,司空见惯,猪、牛、羊、鸡更不用说,几乎是同起同宿,所以从小就和动物打成一片。我写这本书绝对是天意,就在2020年春节前吧,福建搞了一个小说培训班,邀请我和文学朋友们交流,地点是闽北霞浦。这个小城令我心动的地方,主要是站在任何一个角度都能看到寺庙,有时候很难分清楚到底是寺还是庙,即使躺在宾馆的床上也不例外,圣水寺呀,玉山寺呀,目莲寺呀,供奉什么的都有,除了常规的神佛以外,据说还有菇神和茶神,甚至是蛇神、狗神和鼠神……活动结束的那天半夜,当地的朋友选了一个大排档,请我们喝酒吃海鲜,大家喝着喝着,就聊到了药膳,由药膳聊到了中医。我说我是学医的,而且学的兽医,人哪里不舒服会说出来,但是动物不会说话,所

以兽医比人医高明。为了不让大家看不起我,我就开始讲如何劁猪骟牛,听得大家目瞪口呆。大家纷纷说,这么有意思,你应该写出来。有人把书名都起好了,叫《我和畜生》,有人把广告语都想出来了,叫"我和畜生不得不说的故事"。

回到上海以后就是春节,由于我爸一直生病,而且隔三岔五地来问,我什么时候回家,他欠我了。"欠"是陕西当地方言,是想的最高境界。我就订了正月初一回家、初九返程的火车票,但是谁也没有想到,新冠疫情暴发了。开始看到消息的时候,我根本就不在乎,年夜饭照订,各种各样的应酬照旧,因为非典期间,我正好在福建工作,那时候福建没有一个病例,我根本体会不到什么叫病毒,什么叫传染,什么叫隔离。直到出发前六七天,形势越来越严重,死亡人数一路上升,而且从老家传来消息,县城和村子之间的交通中断了,通往西安的班车也停开了。我想了想,就把火车票退掉了。后来的事情大家都知道了,单位推迟上班,学生推迟开学,春节假期无限延长,每天都会涌现许多催人泪下的抗疫故事。

于是,从大年初一开始,我把晚上的五个小时时间,拿出来创作《动物忧伤》,可以说那些日子,不用操心上班,不用出门应酬,窗外也没有跳舞唱歌的干扰,除了为疫区的朋友们担心和帮忙购买口罩而想想办法以外,再也没有人间的任何烦恼了，真有些回到古代的那种感觉。疫情是无情的，但是对我个人的写作而言，真是人生当中少有的时光。所以，我写得非常顺利，到正式复工的时候，初稿已经写得差不多了。写完《动物忧伤》那天早晨，大概六点左右吧，我突然听到喳喳的叫声，这声音就站在窗外的空调上，和我离得太近了，仅仅隔着一块玻璃。它叫得太好了，主要是非常清脆，没有任何乐器能响得这么清脆。我不太确定是不是喜鹊，在上海十八年，在这栋房子里也住了十三年，原以为上海是没有这种鸟的，这种鸟只会生活在山里，生活在没有烟火气息的地方，和神仙以及我爸的生活环境非常一致。在陕西老家，喜鹊非常多，它们站在屋顶上喳喳一叫，每个人都心领神会，它是报喜来的。我非常奇怪，它们怎么知道我写完了这部书呢？难道它们真是上天的代言人？

你在《动物忧伤》中想表达的初衷是什么？

2020年春天这场突如其来的新冠肺炎疫情戳痛了我们的心。2003年发生非典，传言病毒来源于果子狸，现在的新冠肺炎病毒，有一种说法是来自于蝙蝠。我曾经拥有一杆长枪，是打鸡毛信子的，里边装着黑火药和滚珠，我经常背着枪上山打猎，朝着大树东瞄瞄，朝着白云西看看，虽然没有直接打死过一只猎物，但是跟随着舅舅和叔叔，打死过野猪、野鸡、獐子、果子狸，那时候这些东西还没有成为保护动物。所以，写《动物忧伤》，我是给自己的行为定罪来的，是接受大自然判决来的，是祈求那些被忽略被轻视被伤害的生命宽恕来的。

其实，任何一个生命，无论一只蚂蚁还是一只大象，无论一只麻雀还是一个人，在世界上活着的权利是平等的，有时候看似是一只动物，它却有着人的品质，有时候看似是一个人，他却有着动物的本性。人和动物永远是分不出高低的，划不清界限的，我们的命运总是相互纠缠的，所以要相互善待，要彼此尊重，唯有如此，灾难来还是不来，能够获救的都是有爱的灵魂。正是出于这样一种动机，我认为这是迄今为止写得最好的，起码是最真诚的、最有善意的作品。像找了一个对象，她不见得是最漂亮的，但是她对你是认真的，是想和你一起过日子的，这就足够了。

你在疫情期间，除了创作《动物忧伤》，其他方面的生活是怎么过的？

我把白天拿出来，教儿子下象棋，跟着儿子学围棋，围着餐桌打乒乓，还有五子棋、军棋、跳绳、大富翁，把半辈子的游戏都玩遍了。有一个朋友，江湖名字是"卖肉小子"，他也许已经预感到了什么，年前竟然送来了一车年货，散养鸡，臭鲑鱼，腊猪肉，猪头肉，蔬菜，水果……我一直喜欢下厨，不是自己厨艺有多好，而是因为小时候没有吃的，可以趁机偷点零嘴，于是在疫情期间，文火熬汤，武火炒菜，每天变着花样来准备美食，供一家人慢慢地品尝，为隔离生活增添乐趣。

我唯一一次出门，是接到一位朋友的求助，希望我给她解决一点口罩。我求助了在药监局工作的同学，求助了在医院工作的外甥女，求助了在慈善部门工作的老同事，大概转了八九个人吧，最后才拿到很少量的口罩。正是为了弄到口罩，中间冒着风险去过一次社区和药店。这个春天，我们尊敬口罩、保持距离，尽量不吐痰、不咳嗽，尽量不发热、正常呼吸，争取不让那一道阴影扩大，争取不传播人世间的麻木和苦痛，既关心自己，也关心人类，哪怕老了老了，哪怕不着一字，只要不出一门，似乎也伟大了一回。

困放无碍，得大自在。我们虽然没有太多出门，并不影响热爱外边的事物，有时候隔着窗户眺望，天更蓝，阳光更加温暖，想念的那些人显得更美。我们一家人还玩过一个叫莫比乌斯环的游戏，明明是一张纸条，明明有着正面和反面，明明有着起点和终点，但是把两头衔接起来，它立即变成了一种轮回，这便是时光的神奇之处。春天永远是隔离不住的，它来了走了又来了，不必计较那些流逝的阳光，它并未被我们虚度，它洒下的地方桃花依旧按时开放，小草一定原路返回，春天会准时抵达我们的内心。

关于《动物忧伤》的消息，最早是在2020年全国两会上，全国人大代表、重庆出版集团副总编辑别必亮向记者透露的。《动物忧伤》经过层层评审，目前入选了2020年中国作协重点作品扶持项目，还成为上海市文化基金会2020年度重大文艺创作资助项目，书还没有出版就得到了这么多认可，你是怎么想的？

我刚刚去网上查阅了一下，别总还真把《动物忧伤》讲到两会上去了。说到别总，他真是一位非常优秀的出版人，我们在一个偶然的机会中相遇，他就经常联系我，关心我的写作状态。他让你觉得把稿子托付给他们很放心，觉得在他们那里出书挺有尊严的，会得到重视和关爱。《动物忧伤》初稿写出来以后，四五家出版社都找来了，最后决定交给别总的重庆出版社。合同已经签了大半年，但是决定再缓一缓，主要是等着在《中国作家》2021年第4期发表，这么一缓就缓到了春暖花开的时候，正好是动物们繁殖力最旺盛的时候。

《动物忧伤》的命这么好，我的想法是运气好。我一直讲运气，这不是迷信，中国有一种养生祛病的方法叫气功，气功里边有一个词叫"运气",把自然之气运到丹田里,再从丹田里吐出来,通过自我和山川河流移位的过程,改变了生命状态。这两个"运气"其实本质是一样的,是修炼而来的。我写的是动物,动物总能给人留下可爱的印象,我这次的好运应该是动物带给我的。专家们在论证选题的时候,脑海里出现的应该是动物们的形象,不会是我这个作家的形象。他们脑海里如果出现了我,估计就危险了,因为我长得不好看,是要给作品减分的。哈哈,我不是开玩笑,我真是这么想的。所以,《动物忧伤》的入选,是动物们的功劳,是动物们得到的认可,是动物们的一个小小的胜利,从另一个侧面也印证了,我们人类对动物的爱护。我2017年以长篇小说《后土寺》,入选过一次中国作协的重点项目,那是我在替土地说话,呼唤大家尊重土地,尊重耕种土地的农民,因为每个人都要吃饭,饭都是从地里长出来的,都是需要有人耕种的。这一次的《动物忧伤》,我是动物们的发言人或者是翻译,代表动物和世界进行交流,我如何说出人话,又说出动物的话,说出让动物和人都懂的话呢?这对我来说是一种压力,我不能让人们失望,不能给动物们丢脸。那么人与动物的共同语言是什么?我觉得是爱,是彼此给予的爱,是相互独立的爱。

《动物忧伤》不会是你第一次触及动物题材的写作吧?

我三十年前从学校毕业后,被分配到"关门不锁寒溪水,一夜潺湲送客愁"的武关,那是秦岭山中的一个小镇,第二年调到了丹凤县政府部门,单位有一台四通打印机,我很快学会了五笔字型输入法,这在当时非常了不起,相当于现在驾驶私人飞机。我的一位老师叫芦芙荭,是非常优秀的小小说作家,他有一次从商州跑到了丹凤,躲在我的厨房里,白天安静写作,晚上我们两个聊天。他每写完一篇就交给我,我就利用单位的四通帮他打印出来。我一边打印一边学习,琢磨人物,琢磨情节,琢磨语言,不懂的就问他。我很快偷师成功,芦芙荭前脚刚走不久,我后脚就写出了第一篇小小说,名字叫《老猎人》,大意是有一个猎人,他从来没有打死过一只猎物,他老婆很生气,说打不到猎物那就别回家了。所以,他一个人住在山里,但是仍然打不到猎物。他打不到猎物不是枪法不好,而是每次看到猎物都不忍心下手,就抬了抬手,朝着天上的白云打一枪。后来,他老了,想家了,于是狠狠心,准备打一只猎物回家,万万没有想到,他闭着眼睛朝着猎物开了一枪,应声倒下的,竟然是前来喊他回家的儿子……这个小小说发在《三秦都市报》,编辑是作家方英文,很快被《小小说选刊》转载了。我正式写小说已经到了 2012 年，写《动物忧伤》是 2020 年，《老猎人》绝对是几十年前埋下的伏笔。

我为什么修不成大鱼？因为我是一个土豆

你很早就已经成名了，为什么还要离开故乡呢？

其实，离开老家也是一种无奈，尤其对于我这样一个农民的后代来说，能成为吃商品粮的国家干部，那是多么骄傲的事情。记得自己被调进政府部门以后，有好多亲戚朋友都来找我，有事情找我，没有事情也找我，他们一方面觉得我天天和书记县长在一起，能耐应该非常大，另一方面他们觉得能进入县衙大门，那是非常光荣的。《动物忧伤》里稍微提到一段故事，是我的大堂兄从塔尔坪来县城找我，给我带来了几十个鸡蛋，而且是全部煮熟的，当时是夏天，非常热，很快就坏掉了，但是我舍不得扔，坚持吃了好多天，才消灭一光。不知道为什么，我那时候肠胃特别好，怎么吃都不会吃坏肚子，但是落下了一个毛病，现在一尝到鸡蛋就有一股鸡屎的味道。

在传统观念里，在政府部门工作是光宗耀祖的，哪里舍得抛弃就抛弃啊，但是当时每月不到两百块钱的工资都发不下来，在这种情况下，大家都无心上班，更谈不上什么理想，白天黑夜聚在一起打牌，非常地消极而迷茫。我这人命好，每在关键的时候，都会有人出来指点迷津。当时的转机是地区搞了一次文学评奖，作家鱼在洋几位评委把诗歌一等奖评给了我。我记得非常清楚，《商洛日报》发了一篇点评文章，标题是《山风再大也吹不灭一瓣心香》，这是我获奖诗歌中的一个句子。颁奖那天晚上，大家一起去时任文化局局长屈超耘家里，屈老是著名的杂文家，他告诉大家，小河里养不出大鱼，年轻人还是多向外边走。他还举例子说，贾平凹、陈彦（陈彦当时主要创作方向是戏剧）、方英文、孙见喜、京夫，如果不离开商洛，就不可能取得那么大成就。我是无名小辈，二十多岁，才刚刚起步，他的话其实是说给别人听的，因为他们有才气，已经在文学上有了不小的名声。但是说者无心，听者有意，过完春节，我刚好收到《延河》一百八十块稿费，就当成了盘缠，收拾了几本书和一床被子，跑去找芦芙荭，让他给我写了一封推荐信，于是翻过秦岭，开始了我的漂泊之旅。说实话，初到大都市生活，真是闹了很多笑话，比如把蓝箭当成了男人吃不得的女性用品，觉得理发的时候让女人洗头那是不纯洁的。

后来落脚到了上海，上海是有海的地方，按说可以出大鱼了吧？但是几十年过去了，我修行来修行去，为什么没有修成一条大鱼呢？有一位大师一语点破了我，我原来就是一个土豆。白素贞修行一千七百年修成了人形，我这么一个土豆修行一万七千年，估计还是一个土豆。到那个时候，大家会不会变成了机器？是不是都不用吃饭了？谁还搭理土得掉渣的土豆呢？我一直在犹豫，既然是一个土豆，我到底该不该叶落归根，回归秦岭山区去呢？

你目前在陕西、上海两边跑，从地域性而言，上海与陕西一南一北，这种南北差异在文化方面是如何体现的？

我们丹凤县离上海到底有多远，我真正地开车测量过几次，一千二百六十八公里。我们村子有一条无名小溪，水是从石头缝里憋出来的，它先流入武关河，又流入丹江、汉江，再流入长江，最后就注入了上海。每一滴水，无论血水、汗水，这么一路流下来，就形成了巨大的落差，这些落差不仅仅是地理意义上的，而且是生活意义上的，更是文化意义上的。最基本的就是衣食住行，陕西这边爱吃面，上海那边爱吃米，陕西这边咸的就是咸的，上海那边不管什么菜既要放一把盐又要放一把糖；深层次的就是为人处世，你有什么地方做得不好，陕西这边直截了当地批评你，上海那边十分委婉，先表扬你一百句，直到出现一个"但是"，最后一句才是重点。陕西这边两个人不高兴了，先挽起胳膊打得鼻青脸肿，然后再嘻嘻哈哈地喝一壶，好像什么事情都没有似的；上海那边两个人遇到再大的事情，连袖子都不撸一下，实在忍不住吵几句吧，嘴里连个脏字都没有，不过回头不几天，法院的传票就到了。

我们不能在此评判，是陕西好还是上海好，就像一条长江，有了落差，才有波浪，才有力量，才有冲击，才有源远流长。因为我在两边都住过好多年，如今陕西有亲人，上海也有亲人，具备两方面的生活经历，熟悉两边的文化内涵，所以我的作品，尤其是散文和小说，里边的主人公，哪怕是一只动物，几乎都是从城市到乡村，或者从乡村到城市，不是纯粹的乡土文学，也不是纯粹的都市文学，而是写乡土文明与城市文明之间的反差，写反差之下的人性冲突和人物命运的变化。

现在是一个大移民时代，很多作家都背井离乡，都有和我一样的体会，这对创作来说有利也有不利，不利的是失去了母语，都用普通话写作，语言趋同，就少了一些韵味。有利的是不同文化体验，使我们能敏感地捕捉到社会的苦和痛、风和雨、光和热，在作品中预言未来的发展方向，从而超越时间。我想再重复一下，我单写陕西和上海任何一方，都是没有前途和希望的，所以请不要以地域来界定我到底是陕西作家还是上海作家，反正我无论在哪里，我写的都是人，弘扬的都是善，我对每一个帮助我的人、每一块养育我的土地都存着感恩之心。

你最早是以"诗人"立身的，等读到你的《父亲进城》，我就觉得你一定会走向"小说"这条路，而且会越走越远，不仅因为你有强烈而蓬勃的情绪，还有你的阅历非常丰富。你能说一说，是怎样逐渐从诗歌写作走向以小说写作为主的呢？诗歌与小说之间的差异是什么？

你的这种预见性，让我想到了一位表叔，他是看相先生，依据的是麻衣相术，而且他是一个窑匠，每年正月都会挑着自己烧的盆盆罐罐来我们村串门子，然后给大家免费看相。据说，他看得非常准，谁要添丁，谁要见财，谁有灾难，十有八九会得到验证。不知道什么原因，他一直不愿意给我看相，但是实在禁不住我的纠缠，就用眼睛剜了我几下，然后神秘地告诉我，我以后要吃文化这碗饭。我那时候还是放牛娃，十一二岁的样子，已经辍学在家了，根本不懂文化是什么东西。而且母亲已经去世，父亲是个文盲，无论怎么去看，我的人生和文化也是不沾边的。但是，非常奇怪，过后不久，我和哥哥去河南金矿淘金，没有想到发生了事故，哥哥在关键时候推了我一把，救了我一命，他自己却永远离开了人世。我在住院的时候，有一位护士点拨我，说你这么小，为什么不上学。我说上学干什么啊。她说上学可以考学，可以吃商品粮，可以当国家干部。我猛然醒悟了，就重新回到了学校，后来考上了学，改变了命运，但是我所学专业仍然和文化毫不相干。更加奇怪的是，中学毕业的那年暑假，我没有看过什么课外书，不知道文学为何物，不知道作家诗人为何物，更不认识任何文学爱好者，可以说，我和文学之间是一片真空，就在这种情况下，我竟然一边放牛一边开始写"诗"。我也不知道为什么要写，到底怎么写，写了能干什么，但是我记得非常清楚，在一个没有用完的作业本上，每天都会写几句，写的比较多的是母亲，大意是，妈呀，你这么漂亮，你人这么好，应该已经当神仙了，如果你当神仙了，就赶紧来救救我。我对天发誓，我绝对没有夸张，我就是从这种空白的状态开始的。

我写小说和写诗差不多，也不是我想写的，而是上天让我写的。上天这个小老头很可爱，也很霸道，某一天，他指着我说，你写小说去吧，于是我的小说之旅正式开始。我写完小小说《老猎人》以后，因为诗歌写得风生水起，二十来岁就获了几个奖，特别是1994年的《星星》诗刊，在第十期栏目头条发了组诗《人物素描》，又在全国诗歌大赛中获得了二等奖，在第十一期刊发了参赛作品《静物写意》，《人物素描》被评为"每期一星"，彩色照片和简历发在第十二期的封三。这一年三上《星星》诗刊，接到许多女孩子写来的信，真有一夜成名的飘飘然，哪还有心思写别的呀。我离开老家安稳的日子以后，全部在报纸和杂志工作，当编辑，当记者，当小头目，整天忙得和打仗一样，不仅没有时间写小说，甚至连诗也没有精力写了，所以从2001年起，彻底和文学失去了联系。直到2008年，上海世博会召开前夕，上海市举办了一次全国诗歌大赛，我从《解放日报》上看到征稿启事的时候，正开着车穿过卢浦大桥，大桥下边就是未来的世博园区。我一边开车一边构思，等到了报社，半个小时不到，就写了一首五六十行的诗，当天就寄出去了。几个月后，有人通知我，说我获奖了，而且是一等奖。天啊，我高兴坏了，一等奖奖金两万块，当时上海中心城区的房价才六七千。在颁奖典礼上，我认识了八年中第一个与文学有关的人，他是上海本土的著名作家，说你继续写吧。于是，我又从空白的状态下重新开始写诗。

时间到了2009年，我买了新房子搬家，从窗户望出去，妈呀，竟然可以看到东方明珠，当时心情太激动了，感觉这个戳破天的大锥子就是我家的，甚至就是我姐当年纳鞋底子用的。这种激动的心情找不到人分享，于是在春节的时候，强行把父亲接到了上海。在上海那些天，我们带他看海、洗桑拿、吃火锅、登东方明珠……每天回家，等父亲入睡以后，我就把当天发生的事情以日记的形式记了下来。这和当初写诗一样，不知道为什么要写，不知道写的是什么，也不知道写了能干什么，反正就是一种很原始的冲动。直到2012年，我和一位诗人聊到了这些文字，他拿过去一看，非常震惊，说可以拿去发表。正好，我在图书馆看到了《花城》杂志，有一个栏目叫"家族记忆"，我觉得挺合适的，就把文章起了个名字叫《父亲进城》，打印了一份寄了出去。我很快接到编辑的电话，说他们要用一下。我接到2012年第6期样刊一看，怎么回事，不在"家族记忆"栏目，而在中篇小说头条，前边是残雪的长篇小说《新世纪爱情故事》。魔盒就此打开了，《小说选刊》头条转载了，《小说月报》《新华文摘》转载了，而且被收入了好几个年选。这么一篇文章，连我自己都不知道是什么文体，竟然变成了我的成名作。我是一个能够趁热打铁的人，既然大家都说是小说，而且认为写得不错，我干脆一口气写了好几篇，"进城"系列就写了十八个中篇，仅仅2013年就被《小说选刊》转载了三次，两次头条，这应该是不多见的吧？

很多人问我，你是不是认识人？我非常负责任地说，我不仅不认识人，而且对几个编辑还相当陌生，有两个编辑是非常有名的作家，他们在电话里告诉我他们是谁谁谁的时候，我迟钝的反应让人家非常尴尬。再后来，有人再问同样的问题,我就说,我不仅认识,而且关系很好,他们的名字叫老天。所以,我更加相信,每个人的命运都是上天注定的,你的路怎么走,走向哪里,自己并不清楚,也无法控制。你能做的,就是披星戴月,把这条路走得宽一点,走得长一点,走得亮堂一点,仅此而已。

诗歌,与散文与小说的关系,我个人的感受是,一个不会写诗的人,不可能写出"史诗",像贾平凹、莫言、张炜、毕飞宇,等等,他们都有写诗的经历,正是有了这样的经历,他们的虚构或者非虚构作品,都充满了迷人的光芒。我们想一想,如果《红楼梦》里没有诗,没有"黛玉葬花"这些诗意的情节,它还能成为人们热捧的名著吗?事实上,我从来没有把各种文体严格区分开来,我有好几篇散文被当成了小说,我的小说里经常会有诗或者诗意的成分,而我的诗还经常被转化成小说。在跨文本方面,《动物忧伤》显得更为彻底,我在创作的时候,从来没有在意,到底在写诗、写散文还是写小说。我只在乎写出灵魂深处的那种波光就行,至于这种光来自于水、泪还是血,对我来说并不重要,对读者来说也不重要,重要的是你的文字能不能打动别人,引起别人灵魂方面的共鸣。

神并非住在天上，神住在我们的内心

　　我的看法不知妥当否？诗，尤其是抒情诗，最后要回到个人，而小说是要面向世界，面对他人。这个面对他人，反映的不仅是一己的情感，而是"他们"的更多人的生活和世界。你的"进城"系列小说，每一部前面都有一首诗，这些诗作，不仅仅是一种附记吧？诗与小说并在，有没有特殊的含义呢？

　　最个人的东西，有时候恰恰是最他人的东西，你都写不透自己，那不可能写得透他人。换一种说法，我们常常说，最好的文学作品，它一定是真诚的，是发自内心的。我们从外表去看，似乎千人千面，丑的美的，胖的瘦的，男的女的，每个人都不一样，都是独一无二的，如果把心呀肺呀这些脏器掏出来看看，大家好像都差不多，越是灵魂和情感深处的向往就越趋同，比如无论好人坏人都渴望爱情、渴望幸福，比如无论是人还是动物都有喜怒哀乐，比如地上的影子，你和我差不多，我和一棵树差不多。

　　你问题的另一层意思，那就是个体与世界（人类）的关系，个体与时代的关系，其实并非个性化的东西就不是世界的，相反个人恰恰就是世界的缩影，是时代的关照，伟大的作品无论是诗、散文或者小说,都具有世界性指向,都必须以时代为背景,比如顾城的《一代人》,比如食指的《这是四点零八分的北京》,如果抛开时代背景,这些诗就要逊色不少,甚至诗意就失效了。比如我的那首诗《两个碑》,我在老家立一个灵魂的碑,在上海立一个肉体的碑,这是没有办法承受的,所以希望百年以后,能让两个碑重叠在一起,这虽然写的是个人化的情感,但是在大移民时代,大多数人都是漂泊者,这种情感就非常普遍。再比如《动物忧伤》,因为有新冠疫情这样一个时代背景,人和动物之间的关系就尤其值得人们去思索。说到"进城"系列里的每部小说前边配诗,这是作家、出版人袁敏老师的主意,她称诗为小说之门,诗成了小说的主题,小说成了诗的注释,正好形成一个互文的关系。我有一个体会,不管写诗写小说,不要朝着外部世界去挖掘,而要朝着自己的内心世界去挖掘,像挖地一样,你要向泥巴深处去挖,而不是朝着地面和天空去挖。

是这样的,向内,是积聚情感;向外,是张扬我们的精神。你在一首诗中这样说:"我们的生活很美/似乎不需要用枪对付/但一些寂静或笑容背后总藏着什么/像一匹野兽在暗暗地伏击我们/我们有一支枪,子弹时时上膛／只能埋在心里。"我隐约能读到你个人内心深处与城市的那种"感情的对抗或抵触"。你从秦岭深处来到大上海，空间上要历经一座座山的阻隔，但比起空间的阻隔，恐怕情感的冲突在你身上体会更深吧？

我刚才已经回答过一些，我的写作从来都不是有意识而为的，而是听从上天的召唤。我要补充的是，神住在哪里？不是头顶的天空，更不是凌霄宝殿。天空有什么？什么也没有。鸟呀，云呀，飞机呀，终究都会降落到地面的。凌霄宝殿更不用说，这是虚拟的，是人们的美好幻想。但是，神是真实存在的，神就住在我们每个人的内心，你如果有足够的虔诚，他就会被召唤出来。从这种意义上来说，在某一时刻，我们就是神的本尊。我说得有些玄乎，明白一点讲，"上天注定"本质上就是自然流露，前提是你有需要流露的东西。

在叙述过程中，你多是采用第一人称限制视角来叙述的，第一人称限制视角比第三人称限制视角少了一些客观化叙事的艺术效果，但"父亲""麦子"等的言行也是"我"的视角下的真实体现。你在小说的艺术表现上或者结构形式上有没有特别的用心？你想要达到什么样的艺术效果？

有人解释小说，就是小声地说。人在什么时候要小声地说呢？是在倾诉的时候。所以，我的理解，小说其实就是倾诉。这个倾诉的过程，和放风筝一样，你不能用力过猛，也不能完全放手，这样风筝才能进入最佳状态。倾诉也是一样的，你不能太过情绪化，哭哭啼啼的，这样就失控了，或者太过平淡就没了感染力，缺少应有的味道。我的处理方式是，运用不同的人称来平衡，对于那些情绪太饱满的，就用第三人称"他"，这样作家就会退至旁观的角度，像有两个人在酒吧聊天，你以陌生人的身份坐在隔壁，不插话，不参与，只是竖起耳朵偷偷地听着。对于那些太过冷静或者太过客观的，读者很容易会对真实性产生怀疑，比如你讲了一个故事，读者怀疑这是不是真的，这时候，我一般会用第一人称"我"，给读者造成一种错觉，似乎这个故事就是作家亲身经历的一样。我还用过第二人称"你"，这是一个悲情的角色，表达同情或者怜悯，效果也是非常明显的。这是从路遥的《人生》里学来的，比如他在关键时候，就来那么一句——我们可怜的巧珍……一下子就让读者参与进来了，有点像现在的沉浸式话剧，观众是话剧表演的一部分。

我曾经比喻过我的小说，像老家那里盖房子，是没有任何设计图纸的，都是根据地形地势，东边搭一个牛棚，西边盖两间厢房，后边再建一个茅厕，那种结构非常散漫，不像城里人盖房子，必须提前请设计师，结构都很精巧。不过，这种农村的房子，住着也别有一番风味。我的小说也一样，有时候都不像小说，为什么会这样呢？因为动笔之前，我心里只有一个主角，只有一个开头和结尾，其他的都是临场发挥，是由主角推着我向前走，而不是我推着主角向前走。大部分时候写完了，回头再一看，这是我写的吗？怎么这么陌生啊？所以，我的小说情节，我是没有办法重复讲出来的，一是写完就忘记了，二是根本不可能再回到当时的那种状态。我的写作，像是生活本身，都是一次性的。有几次，稿子没有保存好，部分丢失了，回头重写，同样的情节就再也写不出来了。

这是非常高明的"技法"，人称和视角搭配起来后，就会产生不一样的叙述效果。你的作品里有一个贯穿始终的叙事者陈元，很多人说，陈元就是作者你的视角。其实，在作品中，陈元的身份也是一个从山村到城市的进城者。关于设置陈元这个视角，陈老师说点什么吧。

我们塔尔坪，大部分都姓陈，整个陈氏家族，取名字都是按照辈分，我父亲是"先"字辈，他叫陈先发，和安徽诗人陈先发同名，我是"元"字辈，曾用名叫陈元喜。我们村子里，陈元明、陈元林、陈元朝、陈元亮、陈元治……"陈元"代表我们这一代人，主人公用"陈元"命名就特别合适。

但是，在具体的写作中，"陈元"其实就是我，每次开始写作的时候，只要运用这个名字，就特别容易进入状态，很快就会忘记现实世界，而进入另一个想象的世界。但是和运用第一人称"我"不同，它同时具备了第三人称的宁静和客观，这要看在什么情况下，有时候我就是陈元，有时候我又不是陈元，真真假假，虚虚实实，效果就出来了。不过，非常抱歉，我有一次回老家，听说有一个兄长名字叫陈元，虽然我写的明显不是他，但是我觉得非常对不起他，所以经过思考，从去年开始，我的主人公改名"陈小元"，用"小"字辈也有世代更替的意思。

我和猫一样有恐高症，并不影响我向高处攀爬

你在城市漂泊，故乡还是紧紧抓住了你，你是有根的。那么，阅读和经历，哪一个对你的创作影响更大呢？

我也不瞒你，我读的书很少，青少年时期是没有书读，后来外出漂泊的时候是没有心情读书，再后来开始写作，加上还有一份本职工作，所以是没有时间读书。但是我读书非常仔细，会把一本书读成几本书，我读过一本书以后，可能不记得人物名字，不记得具体的故事，但是这些人物被我读过以后，像被念了咒语一般，就全都活过来了，变成了活生

生的现实。毫无疑问，对我影响更大的是经历，我一直有一种说法，我的文章不是写出来的，是活出来的，《动物忧伤》就是活出来的，大部分故事是真实存在的，是我和动物有关的自传。我的经历确实比一般人丰富，比如哥哥为了救我被活活压死；比如吃过同学的剩饭，偷过馒头；比如从不通电话的农村一路走到了大都市上海……但是每个人活下来，其实都不容易，都有别人无法体会的苦难，只不过每个人对待苦难的态度不一样。好多人听到我的经历，都会哭，都会同情我，但是我从来没有觉得自己苦，反而更加充满了感恩之心，感谢这个世界让我活了下来，而且还活得有滋有味，这是何其幸运。所以，我非常喜欢这个世界，下雨我喜欢，天晴我也喜欢，小草我喜欢，大树我也喜欢。反正没有我不喜欢的，没有我仇恨的，也没有我害怕的，只是常常感慨，这个世界太美了，我不能辜负。我举个例子，我现在开着一辆小破车，是北京牌照的，这辆车已经开了十八年，因为太破了，大厦物业不让我停在楼前，说是影响大厦形象，非得让我停在地下车库。好多人也笑话我，你这么一个大记者，还是赶紧换车吧，但是我自己非常喜欢，坚持不换，因为什么？一是我一个土农民竟然还有车开，而且还是四个轮子的，我就非常满足；二是想想好多年轻朋友开的车，宝马呀，奔驰呀，要么是银行分期付款买的，要么是父母出钱帮忙买的，而我的破车是自己买的，当年花费了同样多的钱，在北京东二环还买过一套房子，我就特别自豪。我的这些经历，并不一定成为写作题材，但是它成了我的精神坐标，成了我生命的一种底色。

米兰·昆德拉说，相遇是电光石火。很多作者在创作过程中，都有与自己心灵感应的作家和作品，你与哪些作家有了电光石火般的相遇呢？

这个人有，也许是贾平凹老师。我们虽然是真正的老乡，许多人天天缠着要见他，但是我见到他不是刻意的，也非常晚，直到2015年《华商报》在西安给我的"进城"系列搞研讨会，他们出面邀请嘉宾，就把贾老师请去了。他到场以后，讲了差不多一个小时，我受到的启发非常大。后来，我们又见过几次，聊的都不是文学，有一次在他的书房里看乒乓球比赛，有一次在上海的酒店里喝茶。我说和他是电光石火般的相遇，因为他是从丹凤老家走出去的大作家，是许许多多包括我在内的文学爱好者的偶像，我读的第一部当代长篇小说就是他的《浮躁》，我人生中第一个知道的而且距离最近的文化名人就是他。所以，这种相遇，不牵扯创作技巧，因为我刚刚说过了，我是一个没有技巧的人，也不喜欢技术派。文学艺术像机械一样，凡是牵扯到技术问题，或多或少都有僵硬的冰冷的痕迹。有一位批评家说我，把小说写得不像小说，把散文写得不像散文，没有常规意义上的那种拿腔拿调，反而有了通人性、感人心、接地气的味道。不过，我在写作上非常自卑，觉得大多数作家都比我写得好，对他们都充满了敬佩之情，只要有机会就认真地去琢磨他们。我最近就在琢磨老乡陈彦，他真的太了不起了，三拳两脚就把文坛打得地动山摇，你可以想象他的武艺有多高。

事实上，包括贾平凹和陈彦两位老师在内，不少作家、评论家和文学爱好者对你的评价都很高，你怎样看待这种评价？

我想起一则公益广告：有一只小青蛙，从井下使劲地向上跳，许多青蛙都劝它，还是别跳了，你太小了，井太高了，是根本跳不出去的。但是小青蛙，没有听清楚，以为大家都在喊加油，以为在使劲地鼓励它，终于有一天，它跳出了这口井。其实，这只井底之蛙，就是创作道路上的我。记得刚开始写作的时候，什么都不懂，什么都不会，唯一拥有的是一个作家梦。但是，好多人不停地帮助我，以各种各样的方式表扬我，比如一句话，比如一篇评论，比如给我发奖，才使我这么一个无知无畏的文学爱好者，放弃了许多发财当官的机遇，无论生活多么困难一直坚持到今天，哪怕生病都没有停止写作。对于作家而言，表扬是使人进步的，因为表扬能够使人自信，能够激发出想象力和创造力，只有这样你才有强大的气场，在文字的江湖里称王，让人物臣服于你，让他乖乖听你的话，做你想做的梦，建你想建的理想国。

你经常说自己又丑又傻，如何理解你说的丑与傻？还有，许多文友说你牛，你却说自己是猪，这又是什么意思？

我确实比较丑，也比较傻，尤其活到知天命之年，丑是必然的，傻是一种通达的境界。我所说的丑，在一定程度上，是讲自己做的事情还不够好，其实一个人的外貌长相是不是丑，自己说了不算，因为什么呢？因为你丑不丑，是要拿镜子照的，没有镜子那也得撒泡尿。但是从科学的角度讲，镜子并不是真诚的，它们往往也有欺骗性，因为镜子后边涂着一层金属，有些涂得比较均匀，照出来的人就漂亮一些，有些涂得比较粗糙，照出来的人就丑陋一些，所以你不能相信从镜子里看到的自己，尤其千万不要在美容店里照镜子，他们那里的镜子都有一定的欺骗性。只有"以人为鉴"是可靠的，那么你到底丑不丑，只有别人说了算，而别人是怎么判断的呢？肯定有一些长相的偏好再加上一些内心的感觉，得出来的结论是综合性的，是因人而异的。既然自己说了不算，我多说几次有益无害，也许会落下个谦虚的名声，你说说我这样的人傻不傻？但是我说自己傻，说的不是傻，而是要懂得善良，要乐于吃亏。其实天下没有真正的傻子，而是看他是不是善良，善良的人是内心透亮的，只不过是装聋卖傻，不想揭穿你也不想伤害你而已。

至于别人说牛，我说猪，因为我是属猪的，而且我非常喜欢猪，猪是我最崇拜的偶像：它憨厚可爱，一副傻乎乎的样子，但是心里什么都清楚明白，猪八戒就是一个很好的例子。有一项调查结果显示，在唐僧师徒四人中，女人最喜欢的就是猪八戒，因为他懂得心疼老婆，而且为人又风趣幽默。它想得很开，无心无肝的样子，明明知道自己吃得越多长得越快，就离死亡越近，但还是吃了睡，睡了吃。它给人的印象是脏兮兮的，不过喜欢在地上打滚，沾着一些泥巴而已，那是不修边幅。而且属猪的人有福气，能和任何人友好相处，在十二生肖里边，猪是百搭的，和谁都能相亲，都能搞好关系。《动物忧伤》有一章，是专门写养猪的，城里人把猪当宠物养，而农民把猪当牲口养，宠物的目标是娱乐，牲口的目标是被杀。猪在这里只是一个象征，它代表的是在城市化进程中人格的分裂。

　　关于善良，你曾经说过，你利用工作在向社会传递善意，你的文字是向世界传播善意。你的本职工作是新闻媒体，你的文学创作其实是业余的，请问你的工作和写作的关系是什么？

　　我在一篇文章里写过一段话，大意是猫有九条命，我也有九条命，不过，经过九九八十一难，七条命不知道死在什么时候了，如今仅仅剩下了两条命。我用第一条命在尽心尽力地工作。再忙再累我也一直没有放弃工作，原因是在它的平台上不仅仅有自己的一个社会角色，也不仅仅是为了那份少得可怜的收入和少得可怜的虚荣心，从某种程度上来说，是因为我的工作有着更直接、更快速的社会功能，这么多年，我有意无意中运用记者这一身份，帮助了许许多多的人，践行了自己积德行善的价值观。我用第二条命虔诚地写作。猫之所以有九条命，与善于爬高的本领有关，它们可以轻而易举地爬上楼顶，又可以从高于自己几十倍的地方掉下来依然毫发无损。我之所以是猫，同样取决于高于自己本身的东西——那就是文学。我始终在告诫自己，作为一个作家，命不仅仅是用肉体做的，还应该是用一个个文字做的。再长寿的人，肉体都是会衰老的，都是会腐败的，灵魂都是会游离而去的，但是优秀的文字不一样，它们天然自带防腐剂，可以经受住时间的考验，在一代代读者的呼唤中，重新醒过来，达到永生。我不知道《动物忧伤》能活多久，不过并不影响我一直向高处攀爬，正如猫一样，它们都有恐高症，并不影响它们凭借着自己与生俱来的功夫向楼顶上蹿。

那么，作品中的防腐剂必须具备什么元素呢？我的理解是，传播善意，这和我的工作动力是一致的。我过去的好多文章，之所以得到了好评，就因为核心价值就是善。比如《从前有座庙》，假和尚用善行，救了别人，也赎罪了自己；比如《墓园里的春天》，失业记者用善举，义葬了自己的老领导，不仅创造了生存条件，还重新获得了爱情；比如《地下三尺》，流浪汉用善念，盖起了一座寺庙，不仅实现了自己的愿望，还解决了精神垃圾处理问题；比如《摩擦取火》，被冤枉的犯人用善思，看到每个有关或者无关的人，都活得还不如自己的时候，他立即原谅和宽容了整个世界。

《动物忧伤》自然不用多说，肯定是写善的，只有善良的人才会保护动物，才会把动物的生命当成生命，才会把动物与人放在一个水平上去对待。《白蛇传》里的许仙，因为心地善良救下了一条白蛇，白蛇经过一千七百年的修炼，修成人形以后回来以身相许；在佛界，不杀生，不吃荤，也是为了行善。所以《动物忧伤》不管怎么写，最终的意图都是想告诉人们，善待动物就是善待自己，就是善待整个人类和世界。

佛,神,上帝,世界上有很多种宗教,其实文学也是一种宗教,不管大家念的是什么经,中心思想都是善。

设问者:张志宏、程华、严晴、刘思雨

2021年2月26日

陈仓

陈仓，曾用名陈元喜，陕西丹凤县人，70后诗人、作家，现为《生活周刊》主编。曾参加《诗刊》社第28届青春诗会，鲁迅文学院第27届中青年作家高级研讨班、当代现实主义题材创作高级研讨班学员。主要出版有诗集《诗上海》《艾的门》《醒神》，八卷本系列小说集"陈仓进城"，长篇小说《后土寺》《预言家》《止痛药》，中篇小说集《地下三尺》《上海别录》《再见白素贞》，散文集《月光不是光》。作品被《小说选刊》《小说月报》《新华文摘》《散文选刊》等广泛转载，多次入选中国小说学会等机构评定的文学排行榜，数十次入选各类年度优秀作品集，诗歌十余首入选大学教材或者中外文试卷。曾获第三届中国星星新诗奖、第三届中国红高粱诗歌奖、第八届冰心散文奖、第三届三毛散文奖大奖、第二届《广州文艺》都市小说双年奖、《小说选刊》（2014—2015）双年奖、英国2021年度斯蒂芬·斯彭德（Stephen Spender）翻译诗歌奖，以及首届陕西青年文学奖、中国作家出版集团2016年度优秀作家贡献奖等各类文学奖项三十余次。

陈仓的各类作品均以直指人心、感人肺腑、催人泪下而见长，其提出的"致我们回不去的故乡"，已经成为大移民时代的文化符号，被贾平凹称为"把故乡在脊背上背着到处跑的人"。